そも教育的テキストであ」ったことが指摘され始めている（田渕句美子「評論としての『源氏物語』」、助川幸逸郎他編『新時代への源氏学8〈物語史〉形成の力学』竹林舎、二〇一六年）。もっとも田渕はそこで、そのような教訓の発言主を光源氏に限定しており、本書の姿勢とは異なるが、いずれにせよ源氏物語のジャンルは一通りではない。

そんな中であえていえば、本書が行おうとしているのは、源氏物語を随筆として読むということである。日本古典文学における随筆の代表格といえば何といっても『徒然草』であるが、源氏物語を『徒然草』のような書物に意識的に変換して享受するというと、抵抗を感じる向きも多いかもしれない。しかし、実のところ両者は緊密な関係を持っている。

有名な『徒然草』序段の冒頭は、「つれづれなるままに、日ぐらし、硯にむかひて、心にうつりゆくよしなしごとを、そこはかとなく書きつくれば、あやしうこそものぐるほしけれ」（本文は小川剛生訳注『新版　徒然草』角川ソフィア文庫、二〇一五年による）と始まるが、傍線部の「硯にむかひて」や「そこはかとなく書きつくれば」という文言に注目してみたい。まず「硯にむかひて」であるが、現代の我々にとって「硯にむか」うという表現は、それほど特異なものとも思えない。が、平安時代にあっては、源氏物語以前の和文にも見出されず、それ以降中世でもほぼ見られない表現である。唯一見られるのは、源氏物語の手習巻において、浮舟が「ただ硯に向かひて、思ひあまる折は、手習をのみたけきことにて書きつけ給ふ」（ただ硯に向かって、思い余るときには、すさび書きをすることば

かりを精いっぱいのこととして書いていらっしゃる」（手習・一〇・一八二頁、10-375）という叙述ぐらいである。

なぜ浮舟が「手習」をするときに限って「硯にむかひて」が用いられているのだろうか。ここでいう「手習」は単なる習字のことではない。後の読者は浮舟を「手習の君」と呼んだ。慰みごととしての「手習」行為には、その人の心の秘密が顔をのぞかせるといわれる。自分の気持ちを他人に話すのが得意でない浮舟は、内心を吐露する相手を持たず孤独な心境であり、「硯」だけが自分の気持ちを聞いてくれる対象と化している。つまり「硯にむかひて」は、話す人もいない孤独な心境を表象するものである。兼好はそれを鋭く感じ取り、心の内を話す相手もいない自分の独居の状況を描くために「硯にむかひて」という表現を用いた。

次に、「そこはかとなく」については、平安時代において希少な表現でありながら、源氏物語の中では（副詞「そこはか」も合わせて）五五例を数え、物語がこの連語を嗜好していたといえる。そして、「書く」行為を「そこはかとなく」と形容した表現は源氏物語に三例あるが、源氏物語前後の作品及び『徒然草』前後の作品にそれを見出すことはできない。

このように、『徒然草』冒頭の「硯にむかひて」と「そこはかとなく書きつくれば」の文言をたどれば源氏物語へとたどり着き、それぞれが極めて特異な表現であったことが分かる。

他にも『徒然草』には、人との対話に言及した第一二段に、「しめやかに物語して」という表現が

見られるが、「しめやか」な雰囲気の中で「物語」（雑談）をする描写は源氏物語に一〇例以上見られる。その一方で『徒然草』前後の作品群においては、「しめやかなり」という形容動詞は見出せても、それが「物語」をする行為と関わった表現は見出せない。とすると兼好は、源氏物語に散在する「しめやか」な雰囲気と「物語」をする行為とが関わった表現に影響を受け、それをすくい上げていると考えられる。詳細は省くが、第一〇段に見られる「のどやかに住みなす」という表現も同様である。

ただし、冒頭文の「そこはかとなく書きつくれば」の場合も合わせて、これらは、源氏物語に影響を受けた文学作品によく見受けられるような、源氏物語の特定の場面や人物の心情をその作品に重層させて読まれることを企図した摂取手法とは異なる。源氏物語における珍しい語句や印象の鮮明な場面を借用しながら、一度その表現を源氏物語から離陸させて、兼好なりの普遍的な見解や持論の叙述に援用しているのである（稲田利徳「『徒然草』と『源氏物語』」『徒然草論』笠間書院、二〇〇八年）。

加えて、『徒然草』の第一四段と第一九段には「源氏物語」の語が見える。「折節の移り変るこそ、ものごとにあはれなれ」で始まり、四季それぞれの情趣について言及する第一九段では、その内容が源氏物語に既出であることを兼好が弁解している。その上で、「おぼしきこと言はぬは腹ふくるるわざなれば、筆にまかせつつあぢきなきすさびにて、かつ破り捨つべきものなれば、人の見るべきにもあらず」（心中思うことを口にしないのは腹がふくれるものなので、筆が走るのに任せたつまらぬ慰みものであるし、書いたそばから破り捨てるべき代物でもあるので、わざわざ人が見る価値もなかろう）

という。この叙述は作品の冒頭に述べられた執筆意識に通じ、「手習」行為とも関わるものであろう。そして、「腹ふくるる」とは、周囲の状況に翻弄され、うっ屈した思いを蓄積し続けた浮舟という人物にも通じるものである。

というわけで、源氏物語と『徒然草』は通底している。水準は異なるが、気脈とでもいうべきものがそこにはありそうである。だからといって即座に源氏物語が『徒然草』に変換され得るとはとてもいえないが、随筆に限らず、源氏物語を物語とは異なったジャンルとして読み進めれば、これまでとは違った側面を我々に見せてくれるのではないだろうか。

▼ノート note ❷ 国語＝現国＋古典、という観念

土方洋一は、物語の魅力の味わい方や読者に起こる現象を解説する『物語のレッスン』（青簡舎、二〇一〇年）の中で、いわゆる現国（現代文）と古典（古文）の両者が実は連続していることに気付いてほしいと願い、例文に平安時代の仮名文を取り混ぜたという。その背景には、高等学校の国語科の学習が現国と古典とで別々のものとされ、その慣習が卒業後もずっと人々の意識の中で続いていくという現状がある。『物語のレッスン』と目的は異なれど、本書もそうしたことを考慮し、古典文学である源氏物語の本文を積極的に現代の文脈の光で照らすことにしたいと思う。

ところで、国語科の中で現国と古典とが分断された過程については、幸田国広『「現代国語」設置による高校必修科目二分化の問題点』(『国語科教育』二〇〇六年)に詳しい。それによれば、今日まで続く現国/古典という二分化された教科構造の発端は、一九六〇年の高等学校学習指導要領改訂にあるという。そこには、小・中学校との一貫を図り、言語生活主義の国語教育を実現しようとする方針が明確に打ち出されている。それを具現化するものが、改訂の目玉である「現代国語」という科目の新設であった。その内容については「現代文および話し方、作文を中心とし、文学的な内容だけに片寄ることなく、論理的な表現や理解を重んじること」とされ、小・中学校の学習の流れをくむ「言語生活の向上」が目指されている。略して現国が誕生したのはこのときである。それ以前はというと、高校の国語といえばほぼ古典文学教材のみを扱っていた。

しかし、新科目「現代国語」には批判も多く、教科書の中にある実用的で日常的な言語生活系の単元や教材は、結果的に高校の教育現場の実践において淘汰され、積極的に扱われているとはいい難い状況となった。それらの単元や教材は授業者に実践経験が乏しく苦手意識を持たれ、技術的なものとしての軽視も根強かったためである。そのため「現代国語」教科書の中にある文学作品や各種評論といった言語文化的領域が主に扱われることとなった。そしてその後、教育現場には読解について時代を古典と現代(国語)とに区分する意識だけが残り、それは今日まで続いている。両者が相互に関連することのないまま、それぞれを別の領域として読解する指導だけが実践において中心化していった。

卑近な話になるが、この現国という名称は強力で、現代文という科目名が用いられている現在でも、どこで覚えたのかゲンコクゲンコクと高校生は言う。恐らくそれは年配の授業者や他教科の教員、そして保護者がゲンコクと言うのを聞いてのことであろう。また古典／現国の枠組みは、国語科教員の意識の中にも根強く存在する。大学受験という大目標からも比較的余裕があり、ある程度自由に教科カリキュラムを設計し学習活動をプログラムできるはずの私立中学校であっても、国語科に古典／現国を二分割する意識が強く働いていることは、各校の年間指導計画を見れば一目瞭然である。先に引いた幸田は、国語科とは古典／現国の読解であるという枠組みの温存は、国語科教育実践者の教科構造観の欠如と大きく関わっているという。筆者の経験をもとにいえば、確かに国語科の年間授業計画は教材名によって組み立てられていくことが多い。国語科教科書には「学ぶ内容」ではなく「学ぶための素材」が載せられているにもかかわらず、である。学ぶ手段としての教材文を自己目的化し、それを解説して終わりにしてしまうことの弊害は、昨今、そこかしこで指摘され始めている。読解学習における教材文と読み方の関係を、料理の際の食材と包丁にたとえ、次々と変わっていく食材に対する包丁の使い方をマスターするのが現代文の学習であるという話を以前耳にして深く納得したが、包丁というものの存在にすら気付けない学習者も多いのではないだろうか。

第1章　生を照らす光

この頃、「生きづらさ」という言葉をよく耳にするようになった。人々の暮らしにある程度の余裕があるように見える昨今にあって、生きることが困難だというのである。それは、戦後間もない頃の状況と比べれば格段に豊かな現代社会における、贅沢な悩みなのかもしれない。しかし、自分の生き方を何通りも選択でき、ある程度どのようにでも生きられる時代だからこそ、逆に、生きることの意味や目的を見出しにくくなっているのかもしれない。生きている実感が持てない、生きる意味が分からない、生きていくことの正解が見つからない。「大きな物語」は失効し、それに身を任せることもできなくなった。

源氏物語の頁を繰れば、そこには様々な人間が生きているが、現実的な話として、読者である我々は本文の字面を一文字ずつ追っていく他ない。それは、言葉による芸術である文芸作品の宿命である。言葉は伸びていく一本の線のようなもの（線条的）であり、全体を一度にぱっと見渡せる絵画とは異なる。とすれば、読者が読みの途中経過として看取できるのは、登場人物の生の断片であり、むき出しの〈今・ここ〉そのものである。断片というと中途半端な感じが付きまとうが、そこには大切な意

味がある。そもそも我々は、〈今・ここ〉という、生きられている「生の現実の瞬間」のリアリティを自覚的に経験することはできない。なぜなら通常それらは過ぎ去ってしまい、その後にしか見出せないからである。文芸という装置の意義は、〈今・ここ〉という、生きられている「生の現実の瞬間」を読者に「実・感」させ、「実・証」させることである（古東哲明『瞬間を生きる哲学』筑摩選書、二〇一一年）。読者が追っていく登場人物の生の断片は、まさにその「生の現実の瞬間」である。源氏物語の中に見られるのは、決して幸福とはいい難く、喜ばしいとも思えない生き方が多い。華やかに見える人物が抱える苦悩は数知れない。しかし、そんな状況下でもしたたかに、そしてしなやかに生きる作中人物の「生の現実の瞬間」を感じ取ることは、端的にいって我々を強くするはずである。

そして何より源氏物語には、そうした生に裏打ちされた、生きることへの処方箋が随所に散りばめられている。千年以上前の物語を生きる虚構の人物が、現実の我々に生き方を指南し、それに奥行きを与えてくれる。現代人の生きるヒントが、この物語の谷間にはたたずんでいる。そして、どのように生きるかという問いは、どのように死と向き合うかという答えにもつながっていく。死が生の断絶ほどの意味しか持ち得ない現代にあって、両者はなかなか結び付かないかもしれない。が、源氏物語に見られる死のあり方は、我々がイメージしがちな、仏教全盛の時代を色濃く反映したものとは少し異なる。この長編物語は、当時の仏教を妄信しその教義を説話のように具体化する広告塔では決してなかった。例えば、女性の登場人物で出家することによって幸福を得た者はいないといわれる。本章

で以下に挙げていくフレーズから導かれる死についての観点も、源氏物語が新たに生み出した思想として位置付けることができそうである。

というわけで、源氏物語には、人間の死生観をめぐって我々が容易に得ることのできない見晴らしが開かれている。それらに光を当て、それがそのまま読者の生と死にとっての光となるよう願いつつ、本章を始めることにしたい。

1　毎日の暮らし

◆心の置き場

なずらひならぬほどを思しくらぶるも、わるきわざなめり。我は我と思ひなし給へ。

松風・三・一九九頁

比較にもならない人を相手にしてお考えになるのも、よくないことです。自分は自分と思っていらっしゃい。　3―382

光源氏（31）による、紫の上（23）への教示の言葉。源氏は紫の上を何とかしてなだめすかそうとしている。そうしなければならない原因は源氏にあった。当時の源氏は、明石の君らの暮らす大

井の地に頻繁に通っていた。そこには源氏の愛娘である明石の姫君がいるからである。紫の上は明石の君とその娘の出現によって、それまでに抱くことのなかった嫉妬という感情を覚えるようになっていた。紫の上の嫉妬が物語に描かれるようになるのは、源氏が明石の君に対して数多の配慮をし始めてからのことである。源氏はそんな紫の上をむしろ可愛らしいと思い、その不機嫌な様子に気付かないふりをしている。そんな中で掲出のフレーズが語られた。字面だけを見れば、人が心の平穏を保つために大切な心構えのようにも思えるが、実は物語の展開において必ずしも良い意味が持たされているわけではない。

このフレーズの中に見える「我は我」という言葉は、この松風巻より少し前の澪標《みおつくし》巻において、源氏が明石の君との関係を紫の上に告げたとき、紫の上が「ただならず思ひつづけたまひて、我は我とうち背きながめて」〔穏やかならぬ恨めしい気持ちにおなりになり、私は私と顔を背けてうち沈み〕とある叙述と呼応し、響き合っている、というよりもむしろ、それをここで蒸し返している。源氏は源氏で明石の君を思い、紫の上は紫の上で自分の身を思っている。

現代の我々とは比べものにならないほど人間が周囲の状況に左右され、敬語を使わないやりとりなどあり得ないような厳格な身分関係にあった平安貴族の世界において、現代にも通じるような個人主義的な考えが示されていることは注目される。当時の後宮はこうでも言わなければやっていられない世界だったのだろうか。

さて、この「自分は自分」ということ。これが分かっているようでも、我々はいつの間にか忘れてしまって、状況にのみ込まれてしまうことも多いのではないだろうか。自分を取り巻く環境が大きく変わるときには、自分が今とは異なった何者かになってしまうようで、とりわけ大きな不安を感じるものである。ラジオから聞こえてきた「どこへ行っても自分は自分」という言葉に、就職を控えた筆者はずいぶん励まされた覚えがある。「人は人、自分は自分」という文言は、しばらく前にブームとなった自己啓発書のタイトルにも見られた。他者への迎合に疲弊した現代人の心に響くことを意図してタイトルとしたのであろう。ただし、それは他者に揺さぶられないということでもあるが、形を変えれば「自己責任」や「主体者意識」という概念に接続され得るものでもある。かつて筆者が、実習生に非常に厳しいと評判の教育学部附属の学校で教育実習をしたとき、実習主任の先生から、「自分の周りで起こっていることを他人事と思うな、すべて自分事と思え」と言われ続けた。自ら動こうとしない受け身の学生らを叱咤する声かけであったことは分かるが、要するにすべてを抱え込めというわけである。学生時代の自分にはとりわけ印象的な言葉で、学校現場とはそういうところなのだと深く納得したものである。その一方、昨今問題となっている過重労働を防止する声かけに、「その仕事は自分でなくても誰かがやるだろうと思いなさい」というものがあると最近知った。これらは互いに矛盾するが、果たしてどちらがよい働き方なのだろうか。ちなみにその附属学校での勤務を経て異動した教員の出世はとても早いそうである。

なほ、何事も心のどかにおぼしなせ。

宿木・九・五六頁

やはり、何事にも気持ちをゆっくりとお持ちなさい。 9—237

薫(25)が中の君(25)にかけた一言。姉である大君が二六歳の若さで死去し、中の君は匂宮によって都に迎えられ、二条院で穏やかに暮らしていた。が、匂宮と六の君の婚約を聞き、中の君は愕然とする。そして、今こそ何が何でも静かなところで暮らしたいと願い、薫にこっそりと宇治に連れて行ってくれないかと申し出る。しかし薫は、姉の供養をしつつそのまま宇治に籠ってしまいたいという中の君の願望を察知し、とんでもないことだと、掲出のフレーズで諫めた。

心によりなむ、人はともかくもある。

若菜下・六・一五四頁

気持ち次第で、人間はどうとでもなる。 6—333

発病し、「若宮が大人になるのも見られず自分は死んでいき、若宮も自分のことなど忘れてしま

めた諦観のようにも受け取れる。飛躍を承知でいえば、成長戦略は破れ、「大きな物語」も失効し、未来のために〈今・ここ〉を犠牲にするむなしさに人々が気付き始めたこの現代社会。価値観も目まぐるしく移り変わっていく状況にあっては、掲出の一節のように刹那的な満足を求めながら生きるその日暮らしこそが、「よく生きる」ための方法なのかもしれない。

◆公と私

世の中はかなく覚ゆるを、心安く思ふ人々にも対面し、わたくしざまに心をやりて、のどかに過ぎまほしくなむ。

若菜下・六・一一八頁

人の命はいつまで続くのか分からないような気がするし、気楽に会いたい人たちとも会い、私人として思うままに、ゆっくり暮らしたい。　6—303

冷泉帝(28)が譲位した際の心内語。社会生活を厳しく規定する役職から離れて「わたくしざま」に生きたいという願いが言葉となり、一個の人間としての自分が存在を主張し始めている。公人としての暮らしも大切であるが、究極的にいえば生物としての自分の命や健康は私的なものである。しかし、そうしたものを封じたところに公的な世界は成り立っている。それは今も昔も変わら

ない。そこに浸りきっていればそれが当たり前になるが、生物である限り人間は、結局のところ一人の私でしかないはずである。

筆者は掲出の心内語を読んで、高校生の頃に現代文の問題集に載っていた、「通用門いでて岡井隆氏がおもむろにわれにもどる身ぶるひ」（岡井隆）という短歌がふいに浮かんできた。公的な「岡井隆氏」と私的な「われ」。施設や会社などで業務を終えて門を出ると、社会的な鎧を脱いだ「自分だけのための自分」が戻ってくるというのである。冷泉帝もそんな「身ぶるひ」を感じたのだろうか。

ちなみに、その問題集には、「煙草くさき国語教師が言うときに明日という語は最もかなし」（寺山修司）という歌も載せられていた。高校生のときの自分は、生気のない先生が自分たち生徒に向かって口にする「明日」という言葉がもの悲しく聞こえる、ぐらいの歌意だろうとぼんやり思っていた。が、今改めてこの歌に接すれば、「国語教師」を職業とする詠者が仕事上の必要に迫られてしかたなく「明日」という言葉を口にすると、自分でも実に白々しく聞こえ、虚無を痛感する他ない、という意味だと気付いた。文学青年が世を渡るために就いたのであろう国語教師という立場の、そして特にこれといって将来に希望も見えない思いには、どこか共感できてしまう。自分という文脈が変化することで、接する文学作品の姿も変わる。

世の憂きときは、見えぬ山路をこそは尋ぬなれ。　蓬生・三・一四二頁

何事も上手くいかないときは、何も聞こえない山奥に入るものだといいます。　3―329

末摘花《すえつむはな》を上手く言いくるめて、大宰府にいる自分の娘の召使にしてしまおうとする「大弐《だいに》の北の方」が口にしたセリフ。「大弐」とは大宰府の次官のことであり、この「大弐の北の方」は末摘花の叔母にあたる。末摘花の現在の暮らしが心配で見ていられないかのように語り、田舎で生きることは想像するほど悪いものでないと言うが、そこには打算がある。すなわち、高貴な身分の出である末摘花を、高慢でお高くとまって世間を見下した「いけすかない女」だと見なしていた「大弐の北の方」は、末摘花が自分の娘の世話係となってあくせくする姿を見たいのである。実際は末摘花が極度に遠慮深い人物であるだけなのだが、これまで彼女に仕えてきた「大弐の北の方」には積年の思いがある。

末摘花はあまりにも古風な人物であり、その生活スタイルをかたくなに変えようとしない。屋敷は絵に描いたように荒れ果て、盗人でさえこんな屋敷には用がないと素通りしてしまうほどである。実際、そこは『国宝源氏物語絵巻』に描かれている。さらに、春夏には牧童が馬や牛を屋敷の中で放し飼いにしているほどでもある。ただし、このあたりはこの物語特有の「をこ」（愚かで滑

稽な笑い）的な冗談かもしれない。末摘花にとってこの屋敷は、父母の面影が留まり、心が慰められる大切な場所なのだという。「大弐の北の方」には、変わり者の自分は屋敷の荒廃も自身の没落も別に何とも思わない、この屋敷でこのまま埋もれて朽ちてしまった方がいい、と返答した。これはやはり、先にもふれたP・ノラのいう「記憶の場」である。末摘花はまさに過去の思い出の中に生きる人物だといえよう。

古風な教養を大切にして気高く生きる末摘花は、現実的な生活の窮乏にもめげず、いつまでも「貴族」であり続ける。この巻の最後で語り手は、そんな末摘花の人柄を「埋れいたきまでよくおはする御ありさま」〈内気すぎるくらいに人のよい方〉と評している。その生き方は、長官として赴任した地での収奪によって財産を築く受領《ずりょう》、そしてその妻である「大弐の北の方」とは対照的である。物語中のこうした図式は、当時の時代状況を反映している。近年の研究によれば、受領は地方で収奪を繰り返す強欲な悪人などではなく、平安時代の貴族社会や王朝文化を支える立役者でもあったそうである（古瀬奈津子『摂関政治』岩波新書、二〇一一年）が、やはり源氏物語に描かれる受領の妻や娘には否定的なイメージが強い。ただ、紫式部も受領の娘であったことを考えると、作品の中での受領層の蔑視には少し首をかしげたくなるところでもある。

さて、掲出のセリフに戻って、その内容に注目すると、山奥に入るというのは、外界を遮断して自分自身と向き合うということであろう。再び飛躍を恐れずにいえば、これは、村上春樹の長編小

説『ねじまき鳥クロニクル』（新潮社、一九九四年）で、じっくりと考えごとをしたい「僕」が井戸（精神分析の用語で人の本能的な欲動が貯蔵された部分としての「イド」を掛ける）を降りていく場面のようである。昨今、電子通信機器によって絶えずつながり合うことが当然となり、いわば人と人とが接続過剰の状況の中で、このように外からの情報をシャットアウトして自分と向き合い、内省するゆとりは人々にあるのだろうか。そうした二四時間「態勢」のコミュニケーションの場を維持するためにも、最近の人々は自分の言い分を抑え、議論も挑まない傾向にあるという。

先にも少しふれたが、平安貴族の人間関係は現代社会のそれに近いともいわれる。貴族社会には独特の語彙があるが、それは対人関係や感情に極めて鋭敏な当時の生活を背景としている（藤原浩史「古代の語彙」、佐藤武義編『概説　日本語の歴史』朝倉書店、一九九五年）。あくまでも貴族という限定付きであるが、密度の高い精神生活、噂を何よりも気にする態度、対話における遠回しな応酬など、現代人との類似点はいくつもある。掲出のセリフは、「大弐の北の方」による皮肉が含まれているものの、その場その場を維持することを強いられ、しがらみの中を生き延びなければならない平安貴族が、どうにか現実と折り合いをつけるための苦肉の策を提示しているようにも聞こえてくる。

◆学ぶということ

わざと習ひまねばねど、少しもかどあらむ人の耳にも目にもとまること、自然《じねん》に多かるべし。
帚木・一・七六頁

わざわざ勉強しなくとも、少しでも頭の働く人間なら聞き覚え見覚えすることが、おのずから多いはずです。　1―259

若き「平安男子」らによる女性談議であり、源氏物語全体の見取り図の様相を呈す「雨夜の品定め」における、左馬頭《さまのかみ》のセリフである。「雨夜の品定め」は、光源氏（17）を聞き役として、頭中将、左馬頭、藤式部丞《とうしきぶのじょう》が語り合うという形で進行する。そこでは総じて、ほどよく調和のとれた「中庸の女性」が称揚されるなど、生涯の伴侶をどう求めるかについての議論がなされているが、それはあくまで男だけの夜の会話であり、気持ちが飽きてしまった女性との別れ方や、その失敗談なども披露されている。

ところで、掲出のセリフは、頭でっかちな女学者が学問のあるのにまかせてわざわざ漢字を走り書きしたり、手紙にたくさん漢文を交ぜたりすることを憎らしく思い、批判する中でのものである。左馬頭は、「書いた本人の気持ちでは特に四角ばるつもりもないのだろうが、漢語ゆえに自然とごつごつした調子に読み上げられたりして、実にわざとらしい」とも言っていて、当時の言語状

なほ才《ざえ》をもととしてこそ、大和魂の世に用ゐらるる方も強うはべらめ

やはり学問を基礎にしてこそ、実務の才が世間に重んじられるということも確実でございましょう

乙女・四・七三頁

4—248

源氏（33）による教育論。源氏は息子である夕霧の元服を機に、彼を大学寮で学ばせることにした。大学寮とは当時の中・下級官人の養成機関である。夕霧は権門の子弟であり、当時の特権制度からすれば四位からスタートできるはずであった（蔭位の制）。しかし源氏はあえて夕霧を谷に突き落とし、六位の大学生《だいがくのしょう》に据えたのである。その印である夕霧の浅葱色《あさぎ》（緑がかった薄い藍《あい》色）の袍《ほう》（男子が正装である束帯《そくたい》や準正装である衣冠《いかん》のときに着る上着。官位や職掌によって色や生地が違った）を見た人々は非常に驚いた。

源氏の意図は何か。どうやら源氏は夕霧に学問を求めたようである。源氏は言う、自分は宮中でぬくぬくと過ごし、世間知らずもいいところだ。帝の前で少しは勉強したが、不十分であった。きっと夕霧も、このままであればそうなるに違いない。しかし、である。ひとたび時勢が変わって親

も亡くなり家が衰退に向かえば、真の実力のない身では世間からも受け入れられない。そこで必要なのは学問であり、それに裏打ちされた真の実力である、と。そうした中で掲出の一言がある。「才」とは漢学で得た基本的な諸原理のことを指す。そして、それを我が国の実情に合うように臨機に応用する知恵や才覚を「大和魂」という。あまり知られていないかもしれないが、今日も残るこの「大和魂」という言葉が初めて見られる文献は源氏物語である。

またも飛躍を承知でいえば、このあたりのことは昨今の大学受験生の「実学志向」と「純粋な学問」との関係を連想させる。就職に有利であったり直結したりする大学・学部に人気が集まり、また大学生になっても、大学の講義は就職と関係ないとばかりに就職活動に励む。講義を適当にキャンセルさせて、採用内定者の説明会を催す企業もあると聞く。すぐ役立つ勉強を求め、役に立たないと見なす学問を切り捨てるそうした傾向は、形を変えて小・中学校の教師を目指す大学生にも当てはまる。つまりは教育現場での授業実践に役立つ小手先の技術のみを重視し、教科の母体となる学問の講義は現場ですぐ役に立たないとして軽視する傾向である。これは今に始まったことではなく、戦後に発足した国立の教員養成系大学・学部のすべてが抱え込んだ厄介な問題であり、「「教える必要によって学ぶ」ことを忌避する教科専門教育と教員養成系大学・学部の目的である教員養成との矛盾である」という（船寄俊雄「教育史研究者はなぜ教員養成を語らないのか」、林泰成他編『教員養成を哲学する』東信堂、二〇一四年）。しかし、教員養成が大学という場で行われる意義を考え

るまでもなく、初等・中等教育（前期）とはいえ、学問的な裏付けがあってこそ真に文化が伝達でき、文化の創造主を育てることもできるのではないだろうか。そもそも、役に立つか否かという発想が、価値判断からは自由なところにあるべき学問になじまない。すぐ役立つものは、すぐに役に立たなくなる。

才《ざへ》は、人になむ恥ぢぬ。

常夏・五・四三頁

芸事は、恥ずかしがってはだめだ。　5—227

源氏（36）による芸能論。玉鬘に和琴の演奏を勧める場面での一言。続けて源氏は、厚かましく誰とでも合奏した方がよいとも言う。

このように「才」について述べる源氏は、巻を隔てて次のような考えも示している。

よろづのこと、道々につけて習ひまねばば、才といふもの、いづれも際なく覚えつつ、わが心地に飽くべき限りなく習ひとらむことはいとかたけれ

若菜下・六・一四一頁

何事も、その道その道を稽古すれば、才能というものには、すべてきりがないように思われて、自分の気持ちに満足するまで習得するのはたいそう難しい　6—322

息子の夕霧(26)と春について語り、和琴を論じる場面における源氏(47)のセリフ。「道を究めることに終わりはない」という芸事全般に通じる教訓を語っている。やればやるほど自分にとっての課題が見えてくるのは、我々にも経験のあるところである。

逆に、少しでも、そしてどこからでもやり始めないと、自分にとっての道筋が見えてこないことも多い。何事も、始めなければ始まらない。昨今の脳神経科学によると、何か遂行しなければならない事柄があるとき、それにほんのわずかでも取りかかれば脳に「作業興奮」なるものが生じ、次第に「やる気」も起こってき(たと認識され)て、行為が継続できるそうである。「やる気があるからやる」のではなく、「やるからやる気が起きる」という、我々の一般的な見方(素朴心理学)とは逆の図式がそこにはある。

源氏のおとどもいとくちをしく、よろづのこと押し譲り聞こえてこそ、いとまもありつるを、心細くことしげくも思されて、嘆きおはす。

薄雲・四・三〇頁

源氏の大臣も誠に残念で、これまではすべての仕事を無理にこの方に押しつけ申していたからこそ、自分は暇もあったのに、今後は心細くも煩わしくもなるのだろうと思われるので、ただ嘆いていらっしゃる。　4—211

今は亡き葵の上だが、その父である太政大臣も薨去し、世間の人々が嘆き合っている中、源氏（32）だけは少し違った反応を見せている。それが分かるのが掲出の一節である。つまりは、自分にたくさんの仕事がまわってくるのを嘆いている。すべての仕事を他人に押しつけて自分は暇だった頃を理想的だと語っているのだから、忙しくなることについて心細いと思っているのも、繊細なのか利己的なのかよく分からない。しかもこのときの源氏はもう「いい歳」である。

源氏のこうした様子はあまりに無責任であり、いったい「職責」というものを何と考えるのかと真面目な我々はつい思ってしまう。が、それは労働中心主義や賃金労働の過剰展開といった近代の労働観に浸りきった思考なのかもしれない。昨今では働き方の改革が叫ばれ、「働くことは無条件によいこと」、「常に自分を犠牲にし、最善を尽くして利益を生むべき」という考え方が見直されようとしている。しかし、これまでの凄まじいまでの仕事三昧によって、戦後日本の発展が成し遂げられたのも事実である。果たして、源氏はただの怠け者なのか、あるいは、先駆的に「ワークライフバランス」を心得た人物なのか。何はともあれ、あの光源氏とてたいして働いていない。

とはいえ、源氏のこの態度の背景には、それ相応の事情があることも付け加えておくべきであろう。実は源氏には、既に絵合巻の最後に、その伏流する思いとして語られた、出家への本願がある。掲出の一節の直後には、当時一四歳であった冷泉帝の後見人すなわち摂政の適任者がいないことに、源氏が困惑している叙述がある。源氏はかつて澪標巻において、冷泉帝が即位した際、その忙しさに堪えないといって摂政の職を太政大臣に譲っていた。今、その太政大臣が薨去したのである。誰に帝の後見役を譲れば出家の本願がかなえられるのかと思うとき、やはり源氏はこの太政大臣の薨去がどこまでも残念でならない。

ちなみに、近代以降の社会では、「働くこと」と「休むこと・遊ぶこと」が二項対立の枠組みでとらえられることが多い。しかし人類学者が対象とする多くの社会では、働かないことが休むことを意味するわけではなく、働くことに稼ぐこと以外の意味が含まれていたりもする（中谷文美「儀礼は仕事か？」、中谷文美他編『仕事の人類学』世界思想社、二〇一六年）。例えば都市に出て観光業に従事しつつ働くバリ人の休みのほとんどは、どこかに遊びに行くこともなく、神々への供物の献納といった、村で行われる儀礼がらみの帰省に費やされる。とはいえ、儀礼の期間の村では舞踊や芝居、劇の上演もあり、集まった人々はゴシップに興じ、茶菓や酒の振る舞いを受けるなど、そこには娯楽の要素もある。他方、村の住人は少し事情が異なり、日々稼ぐための仕事に追われつつ、儀礼のために提供する労働もないがしろにはできない。

氏は、自分の中でそれまでの出来事や諸要素が一定の流れのもとに配置され、その人生が一つの物語としてまとめ上げられたのであろう。それは自己を物語るということである。人は自己を物語ることで、自分の人生の意味も理解できるようになる。それはもはや自己の創造でもある（榎本博明『〈私〉の心理学的探求』有斐閣選書、一九九九年）。

掲出の訳文中に見える「一同」という言葉からは、源氏に仲間意識があると分かり、源氏に感情移入する読者は何だかほっとするところでもある。しかし、これについて小学館『新編日本古典文学全集』頭注は、「女房たちにまで強い愛執の情を抱く点に注意」と鋭く指摘している。つまりこれは、紫の上を失った後、なおも貪欲に女性を求める源氏の意識の表れだというのである。源氏はそんな執心を一応反省して見せてはいるのだが。

この物語では、いわゆる「生ませる性」としての男性の貪欲で本能的な側面が、女性の側から「むくつけし」という形容詞で表現されることが多い。「むくつけし」は、鬼や物といった得体の知れない存在に対する、異様でぞっとするような不気味さを表す（林巨樹他編『古語林』大修館書店、一九九七年）。それは自分の「理解の枠を超えたもの」（大野晋編『古典基礎語辞典』角川学芸出版、二〇一一年）についての感情である。例えば、匂宮の好色ぶりに対して、浮舟の母君が「あなむくつけや」（まあ恐ろしいこと）と言う場面がある。これは形容詞の語幹の用法であり、現代人が「おお寒っ」と言うような、思わず口から出たもの言いである。それは非難というよりも、女の自分では

意味が分からず説明もつかないものに対する恐れであろう。

◆生と死の位相

限りなきにても、世になくなりぬる人ぞ、言はむかたなく口惜しきわざなりける。

須磨・三・三五頁

至高のご身分であっても、この世を去られたお方は、言いようもなく無念なことである。3―229

京を離れて須磨の地へ退去することになった源氏（26）は、様々な人たちのもとへ別れのあいさつに訪れる。この退去はいわば京からの追放であり、源氏自身は再び戻って来られるとは思っていない。掲出のフレーズは語り手の言葉で、出発の前夜、父である桐壺院の御陵にお別れを言う場面に見られるものである。源氏はそこで何もかもを泣く泣く打ち明けた。

生の世界でいかに栄達を極めたとしても、そこには必ず終わりが訪れる。以前法律関係のテレビ番組で、死後の遺産の処遇について激論が交わされる中、ある弁護士が「人間、死ねばそれまでよ」と発言し、議論は終わった。誰も二の句が継げなかった。真理だったのではないだろうか。ハイデガーは、死は意識の崩壊であり、誰も死をとらえることはできないといった。しかし、生の

時間が肥大化し、死の世界をも侵食するようになれば、人は死後のことにまであれこれと気をまわし、できる限りのことをしなければという強迫観念を抱いてしまう。掲出のフレーズはそんな現代人に対して、安らかに生き、そして死ぬための処方箋を短くささやいているかのようである。

何事も生ける限りのためにこそあれ。

浮舟・一〇・三三頁

すべては生きている間のためなのだ。　10—242

先のフレーズを補完するかのような内容の一言。これは匂宮（28）一人の発言であるが、その背景には、死後に期待しない源氏物語の思想がある。繰り返しになるが、それは当時の宗教的な状況に反するものである。源氏物語はあくまでも生の世界に腰を据え、登場人物の生きざまを語り継いでいく。

別るるほどの悲しびは、また世に類なきやうにのみこそは覚ゆべかめれど、ありふれば、さのみやは。

橋姫・八・九六頁

死別の悲しみは、世にまたとないように思われようが、月日がたてば、そうばかりでもないだろう。8―336

八の宮（60前後）は先立った北の方を悼み、再婚もせず、俗事から遠ざかった日々を送る。邸宅は荒れ放題。世間の人は、そんな立ち直らない八の宮によい感情を抱かず、半ば陰口のように掲出の言葉をささやく。しかしながら、そんな八の宮の様子からにじみ出るのは、またとない愛情の深さや人間らしさであり、物語の中心人物となるべき資質である。薫（20）も八の宮を仏道の師と仰ぎ、大きな影響を受けることになる。

その折、かの御身を惜しみ聞こえ給ひし人の多くも、亡《う》せ給ひにけるかな。後れ先立つほどなき世なりけりや。

御法・七・一七〇頁

あのとき、あのお方の死を惜しみ申された人たちも、今ではあらかた亡くなってしまったものよ。人に後れ、人に先立つといっても、どれほどの隔たりもないのが人の世ではないか。7―343

紫の上がこの世を去り、傷心の源氏（51）をいたわって弔問する致仕《ちじ》の大臣《おとど》（柏木の父、葵の上の

兄。かつての呼び名は頭中将）のセリフである。「かの御身」とは葵の上のこと。「後れ」とは死に後れるということであり、死別を意味する。このセリフは読む者の経験的過去を触発して、ゆっくりとその胸に迫っていくのではないだろうか。誰もが自分だけの物語を思い浮かべるはずである。それは何ともいえない静かな、人間存在の地下茎に触れるような感触ではないだろうか。

掲出のセリフには、一続きの生と死とが含み込まれている。そこには、志賀直哉「城の崎にて」の語り手が死への親しみを感じる、「生きていることと死んでしまっていることと、それは両極ではなかった」という文言や、村上春樹『ノルウェイの森』の本文中でゴシック体によって強調された、「死は生の対極としてではなく、その一部として存在している」という言葉がよく響き合う。死の世界へと旅立った人を、生の世界から惜しみ悲しむ。この惜しむという行為は、生の世界を足場として初めて成り立つものである。そんな、生の世界に根を張る姿が印象的だった人たちも、今ではほとんどが死の世界にいるという。その事実が、記憶の中にいる人物の、死者を惜しむ感情や仕草を、いわば自家撞着に陥らせてしまう。無論、このセリフを言う致仕の大臣もいつかは死の世界へと赴く。やはり、「どれほどの隔たりもない」のである。そこに広げられているのは、連綿とした命の移ろいの俯瞰図である。そして、読者の生もまた否応なくその中に含み込まれていく。平安時代であっても、現代であっても。

第2章　運命に生かされる

源氏物語の世界を生きる人々は、運命というものにかなりの重きを置いている。もう少し詳しくいうと、それは「前世からの宿縁」である。とりわけ女性の登場人物はこういった思考をする傾向が強い。「あらかじめ運命で決まっているのだから、自分からは何もしない」という生き方や態度は、現代では消極的で主体性が欠如しているという誇りを免れないが、当時はそれが当たり前のことであった。我々には何とも想像しがたいが、絶対的なものへの従属によって確立されるアイデンティティが、そこには存在していたのかもしれない。

とはいえ現代人でも、人生の「来し方行く末」を一つ残らず運命に任せきってしまうことができれば、ある種の心の平安は得られるのかもしれない。本当ならば状況に帰すべき要因を自己の内部に抱え込み、すべてを「自分のせい」にすることもなく、ただひたすら流れに身を任せるという生き方。古代中国に花開いた諸子百家の一人である荘子《そうし》は、「受け身は最大の主体性」と言ったそうである。結局のところ人間は、どのような状況に置かれてもそれに合わせて生き延びる他ないのであるが、それを素直に自覚して逆境を切り抜けようとする英知をそこに感じずにはいられない。

使われなくなった感がある。人間、最後の最後には、メリットも何もなくなる。すべての物事に意味を求め、自分に対する利点を第一として生きていくのであれば、そもそもの話として、その人が生きること自体のメリットはどのように保証されるのだろうか。メリットを追求し続けるのは、自分の存在意義をも消し去ってしまう態度であるように思われてならない。

なべての世のことわりに思し慰め給へ。

夕霧・七・一一九頁

すべての人間の定めと思い、気を楽にしなさい。　7―295

女二宮（落葉の宮）の母である一条御息所が急死し、方々から弔問がある。出家して山に籠もっていた朱雀院（53）は、娘の女二宮に手紙を送った。そこに書かれていた一言である。娘をただひたすら慰めている。

心配ということに関して、前掲の言葉とこの一言は同じことをいっている。

何かにつけて、自分の自主的な判断や、自分にできることは何もなかったと思えば、自分の責任はなくなり、心の負担もかなり軽減されることだろう。自分ではどうにもできず、そこに自分の自由の余地がない場合には、その過失は（他人からも、自分自身においても）免責される。逆にいえ

ば、どうにかできたにもかかわらず、どうにもしなかった事柄は、責められて然るべきとされる。
そうしたことから考えると、責任という概念には、自由な意志が不可避に介在していることが分かる。小坂井敏晶『責任という虚構』（東京大学出版会、二〇〇八年）によれば、自由だから責任が発生するのではなく、責任者を見つけなければならないから、社会は行為者が自由だと宣言しているのだと説く。また、國分功一郎『中動態の世界』（医学書院、二〇一七年）は、人が責任を負うためには能動的でなければならず、受動的であるときや受動的であらざるを得ないときには、人は責任を負うと見なされないとする。そして、能動と受動の区別は、責任を問うために社会が必要としているに過ぎないとまでいう。これらの言説は、決して無責任の勧めではない。思うに、運命を全面的には受け入れず、独立独行の能動的主体を認め始めてからというもの、人々はあまりにも莫大なタスクを背負い込むようになったのではないだろうか。その弊害が今日至るところで見られるのはいうまでもない。掲出の朱雀院の一言は、人をいわれのない重圧から解放してくれるものである。

人は皆、御宿世といふものことごとなれば、御心にかかるべきにもおはしまさず。

椎本・八・一四五頁

人は皆、御運というものがそれぞれ定まっていますゆえ、御心配なさっても何にもなりません。
8―378

これまで挙げてきたフレーズに加えて、さらに、心配することに関しての一言。これを言ったのは阿闍梨《あざり》で、聞いていたのは他界する直前の八の宮である。阿闍梨はひたすら八の宮の現世に対する執着を断ち切ろうとする。執着の内容は、遺されることになる姫君たち（大君と中の君）の今後である。そもそも八の宮は仏道を志しながらも、朝夕に姫君をそばに置いて世話をし、心の慰めにしてきた。秋も深まり、尋常でない心細さを感じた八の宮は、静かな山寺で念仏に専心することを望み、姫君たちには遺言めいた訓戒も用意した。そんな折、八の宮は体調を崩す。山寺からの使者は姫君たちに、「今朝から気分が悪く、風邪であろうかと思い手当てしている」という八の宮の言葉を伝える。特にどこかが悪いというわけではなく、ただ何となく苦しいという。あくまでも宗教者であり続け、ときに冷徹、非情でさえある阿闍梨は、そんな八の宮に、「これが最期かもしれない。姫君たちのことは忘れよ」と告げ、掲出の一言を語る。そして現世への執着を捨てるべきだと言い、山を下りるなと諭す。人間らしい八の宮と、機械的で冷血ともいわれかねない僧侶を演じる阿闍梨。

いったいこの物語において、仏教は人を救わないことがほとんどである。訃報を受けた娘たちに、父の亡骸との対面すらも禁じた阿闍梨。それは、生前の八の宮にも娘に会うなと戒めてきたのだから、今はなおさらお互いに執心するべきではない、という理屈によるという。八の宮との約束通り、葬送や後の作法については滞りなく執り行う阿闍梨。

近現代的な視点からすれば、阿闍梨は徹底して人間の主体性を否定している。その根源にあるのはもちろん仏法である。その問答無用の無機質な力強さは、悩み多き人や、自信を失い道筋や導きを求める人にとって、大きな救いとなるのであろう。それに身を委ねれば、すべては大きな力によって既に決まっていることなのだから、と割り切ることが可能になる。とはいえ、これまでの記述と矛盾するかもしれないが、本当に人間はそれで納得ができるのか、自分の人生を生きたといえるのか。八の宮の物語は当時の読者に、そして現代の我々に、そのことを問いかけているようにも思える。

先に84頁で引いた國分功一郎『中動態の世界』（医学書院、二〇一七年）は、この問いかけに一瞬戸惑う我々を相対化してもくれる。我々がこうした気持ちになるのは、能動—受動という枠組みを無意識のうちに念頭に置いているからである。國分は行為について、それが自発的に姿を現したものなのか、何かによって姿を現すことを強制されたものなのか（行為の帰属）を問い、意志の存在と強く関係する「能動態—受動態」（する—される）というなじみ深い近代的な枠組みを全否定する。

そして、近代より前には明確に「能動態—中動態」（自分の範囲外—自分の範囲内）という枠組みがあったことを示し、それは隠蔽されているものの現代にも引き続き見られるという。そこでいう「能動態」とは、受動態と対比される「能動態」と同名であるが別のもので、「主語が動詞によって示される過程の外にある」ことを表す。そして「中動態」とは、「主語が動詞によって示される過程の内にある」ことを表す。こうした「能動態—中動態」という枠組みは、例えば「強制はないが自発的でもなく、自発的ではないが同意しているという事態」、つまりは「まあやっとくか」ぐらいの事態を可視化する。強制か自発か、すなわち受動か能動かという対立で物事を眺めていれば、それは見えなくなってしまうものである。以上のように國分は説く。

國分のいうように世界を「能動態—中動態」という枠組みでとらえ直してみると、それまでとは違った視界が開けることになる。平安時代は、自分の思うに任せぬことが現代よりも圧倒的に多い社会であった、というのが一般的な理解であろうが、我々が思うほど王朝人は苦痛を感じていなかったのかもしれない。それこそ先に引いた、「強制はないが自発的でもなく、自発的ではないが同意している」といった具合であり、例えば源氏（26）の須磨流離も、今日的には、関係を持った朧月夜《おぼろづきよ》の尚侍という身分からしても流罪には相当せず、自主的な退去であったと説明されることが多いが、実はその説明は「能動態—受動態」（する—される）という枠組みに縛られた一面的なものに過ぎない可能性もある。我々を取り巻く日々の些事や雑事も、明確に強制されているわけでは

ないが、好きでやっているわけでもないことがほとんどではないだろうか。

長くなったついでに、掲出の一言に戻り、それが発せられた状況について考えると、本当に八の宮は薨去したのかという疑問も生じる。もしかしたら、阿闍梨が八の宮を出家させたのだが、執着を断ち切らせるために、姫君たちには薨去したと伝えたのかもしれない。そもそも使者が姫君たちに告げた八の宮の「風邪」というのは、例えば真木柱巻において式部卿宮（「髭黒大将の北の方」の父）が髭黒大将に、「風邪おこりて、ためらひはべるほどにて」〔風邪気味で、養生しておりますときなので〕と言っているように、対面を断る言い訳や口実に用いられる場合がこの物語ではしばしばある。このように断られた髭黒大将も、同じ真木柱巻において、玉鬘を自邸に引き取る際、「にはかにいと乱り風邪のなやましき」〔急にひどい風邪で気分が悪い〕ときに玉鬘がよそにいては気がかりなので、という口実をこしらえている。

◆人の心は

ありがたきものは、人の心にもあるかな。

浮舟・一〇・六七頁

難しいものは、人の心だな。　10—273

中の君（27）が匂宮（28）と通じていたのではないかと、薫（27）が疑う中でのセリフ。「ありがたし」の語は漢字で表記すると「有り難し」。めったにない、という訳語が有名だが、ここではシンプルに難しいという意味である。

今さらいうまでもなく、人の心は、難しい。自分の心でさえも、難しい。精神科医が著した自己啓発書のカバーの内側にあった、「心というのは自分自身ではなく、「付き合いにくい隣人」のような存在です」という文言が筆者は印象に残っている（名越康文『自分を支える心の技法』医学書院、二〇一二年）。自分で自分の心を対象化せよ、と勧めているのであろう。世間に生きて人と関わっていくのであれば、否応なしに他者の心は気にかかる。人は皆、他者をとらえる際には、一定のパターンによってその心を推論しているそうである。そこでは、自己という認知資源を活用している。つまり、自らの心を用いたシミュレーションに基づき、自己を参照して推論を行っている。それは人間の認知方略に即したものであり、認知の節約の意味を持つ。それはもちろんバイアスであ

る（唐沢かおり『なぜ心を読みすぎるのか』東京大学出版会、二〇一七年）。ちなみにその知見を、文学作品・教材を「読むこと」にスライドさせるとどうなるかを、後掲のノート❺〔登場人物の気持ちは読めるのか〕で考察してみた。

シミュレーションということでいえば、人は自分で自分の心の状態に正確にアクセスできている気になっているが、実際は必ずしもそうではない。が、少なくとも本人は、自分の心の状態を正しく把握できていると感じているので、その「成果」を投影して、他者の心を推論することが可能になっている。つまりそれは、二重の錯覚によって成り立っているのである。

夏目漱石『こころ』が発表されたときの広告文には、「自己の心を捕えんと欲する人々に、人間の心を捕え得たる此作物を奨む」とあったそうである。筆者は今でも、「奥さんとお嬢さんの言語動作を観察して、二人の心がはたしてそこに現れているとおりなのだろうかと疑ってもみました。そうして人間の胸の中に装置された複雑な器械が、時計の針のように、明瞭に偽りなく、盤上の数字を指し得るものだろうかと考えました」という叙述が強烈に印象に残っている（本文は『漱石全集　第六巻』岩波書店、一九八五年によるが、適宜表記を改めた）。『こころ』は他者の表情や仕草を読み、心を理解し収集しようとするが、その一方、そうしたことをまったくしないで生きている人間を描いた村田沙耶香『コンビニ人間』（文藝春秋、二〇一六年）は新時代を画している、という指摘（石原千秋「漱石文学と他者たち」、日本近代文学会春季大会「シンポジウム　漱石という媒体」二〇一七

年五月二八日）は興味深い。

人の心こそ憂きものはあれ。　乙女・四・九三頁

人の心ほど思うままにならず辛いものはない。　4—265

内大臣（かつての頭中将）が娘の雲居雁を引き取ることに決まり、それまで雲居雁の世話を自分の生きがいにしようと楽しみに思っていた大宮が思わず漏らした胸の内。息子である内大臣は、自分（大宮）を恨んでこのような画策をしたに違いなく、そうした心が嫌だという意味合いである。小学館『新編日本古典文学全集』頭注は、「孫の夕霧や雲居雁にも、子の内大臣にもそむかれて孤独に取り残されたと思う大宮の嘆きである」とまとめている。心を読むことは苦しみにもつながってしまうのである。

他者の心の推論が上手く行き過ぎ、それを正確に理解し尽くしてしまうことのデメリットは他にもある。社会心理学の知見（唐沢かおり『なぜ心を読みすぎるのか』東京大学出版会、二〇一七年）によれば、外界を正確に認知することは個人にとって必ずしも適応的なあり方とはいえず、社会に不適応な徴候と連合しているそうである。その上で唐沢は、いわゆる「ポジティブ幻想」を抱いてい

る方が精神的健康の維持に貢献するというテイラーとブラウンの指摘を紹介し、現実の人間関係の維持においても、他者の心の正確な推論が必ずしも望ましい結果をもたらさないというシンプソンらの研究を紹介している。

心憂きものは人の心なりけり。

宿木・九・五九頁

いやなものは人の心だ。　9—239

匂宮（26）と六の君（21か22）の結婚について、中の君（25）の心に湧き上がって来た一言。中の君は匂宮によって二条院に迎えとられていたが、匂宮と六の君との縁談が現実のものとなる中で、父である八の宮の遺言に背いて宇治を離れたことを後悔する。そうしたことを考慮すると、ここで中の君はむしろ自分を責めているようにも思える。前掲のフレーズと内容は似るが、その範囲が異なっている。

自分の心と他人の心は、当然のことながら、異なる。そもそも、「他人の心」といった時点で、もはやそれは心とは呼べないという見方もある。互いに相容れず友好的な関係を築けない人がいるとき、究極的には「自分とあの人とは別」と考えればたいていは上手くいくと、大学生のとき社会

心理学の講義で教えられた。それは対話を回避した方便であり、他者を特殊視して自己を絶対化することにつながってしまうともいえるが、世渡りにはそうした方便も必要であろう。

▼ノート❺ 登場人物の気持ちは読めるのか

我々は現実世界において、大なり小なり他者の心を推論しながら生活している。既に何度か引用している社会心理学の知見（唐沢かおり『なぜ心をよみすぎるのか』東京大学出版会、二〇一七年）によれば、その際に我々は「理論」と「シミュレーション」とを使い分けているという。既にフレーズの解説文の中で「シミュレーション」の方にふれたが、今一度ここで整理すると、それは自己が標準となり、暗黙裡に「自分ならこうだから、他者もこうなるだろう」と見なす方法であった。これは、自分が感じ考えているように他者も感じ考えていると見なす子ども時代の共感的理解の名残であるといわれる。その一方、「理論」とは、別の知識体系《スキーマ》をもとにして他者の心にステレオタイプを当てはめるという方法である。これら二つには、相手と自分との類似性が低ければ「理論」の方を、高ければ「シミュレーション」の方を用いるといった具合に使い分けがされている。ただし、類似性が高いといっても、そこには一つでも類似点があれば別の次元でも類似していると見なしてしまう判断バイアスが働いている。

さて、こうしたことが文学作品・教材を読む際の読者・学習者に起こる現象にも応用できるとすれば、少し困ったことになりそうである。各種学校の国語教育における文学教材を「読むこと」の学習で、登場人物の心情が過度に重視されることの問題点については拙著『文学テクストをめぐる心の表象』(武蔵野書院、二〇一七年)の第5部第3章で扱ったが、唐沢の論考をもとにして今一度検討を加えてみたい。試験問題において、大人である出題者が文学作品・教材における登場人物の心情を問う問題の「正解」を定めるとき、その人物について自分と類似性が低い場合には「理論」による心の推論の方法に基づき、ステレオタイプ(道徳的なものや、大人の目から見て子どもはこうあるべきだといったもの、あるいはジェンダー)をそこに当てはめることになる。他方、登場人物について自分と類似性が高いと判断した場合には、「シミュレーション」により、自己を標準として参照しながらその心情を推論することになる。いずれの場合もそこには、社会の中の感情規則も適用され、大人たちの最大公約数的な客観性が優先されることになる。感情規則とは、感情の管理を要請する社会的なルールであり、相互行為の場面ごとに適合的な心の状態を指し示すものである。日常ではほとんど意識されないが、これに違反すると他者を傷つけたり、その場の秩序を壊したりすることになる。支配的な感情規則への同調を通じて、社会の既成秩序や力関係は維持されている。また、最大公約数的な客観性とは、平たくいえば一〇人の大人の出題者が一〇人とも合意し納得するということである。このようにして、「正解」は確定されることになる。

一条御息所（「落葉の宮」の母）が小少将の君（「落葉の宮」の侍女）に語ったセリフ。当時、貴族の男女交際の初めには、侍女などを介して和歌のやり取りをするのが一般的であった。落葉の宮を目当てに夕霧（29）から小少将の君のもとへ届いた手紙に返事をするよう、一条御息所は勧める。夕霧と、柏木の未亡人である落葉の宮との仲が噂される中、その母である一条御息所は、二人の仲が噂になった以上、そこに実事がなかったとは誰も思わないのだから（ところが実のところそれは一条御息所の思い込みである）、結婚という形をつけて世間体と体裁を整えたいと考えているのである。

当時、それほど世間における噂は大きな力を持つものであった。たとえ事実ではなかったとしても、噂が世間の「真実」を形作っていた（石井正己「生霊事件と噂の視点」「日本文学」一九九九年五月）。他にも例えば、当時、人が生霊化するのは不名誉なこととされており、生霊として現れたことが噂として人々の間でささやかれるのを、当事者は何よりも恐れていた。源氏物語では源氏が六条御息所について、『夜の寝覚』では男主人公の中納言が女主人公の中の君について、そうした噂に包まれていくことを気に病んでいる場面がある。

とはいえ源氏物語の中には、そんなやっかいな噂との上手な折り合いの付け方を指南もしているようなフレーズも見られるので、次に紹介することにしたい。

◆噂への処方箋

すべて世の人の口といふものなむ、誰が言ひ出づることともなく、おのづから人の仲らひなどうちほほゆがみ、思はずなること出で来るものなめるを、心ひとつにしづめて、有様に従ふなむよき。

若菜上・六・四〇頁

総じて世間の噂というものは、誰が言い出すともなく、いつしか他人の夫婦仲などを事実と違え、その結果心外な話が出来上がるもののようですから、自分の心一つにおさめて、事の成り行きにまかせておくのがよろしい。　6—233

女三宮（13か14）が降嫁されることになり、動揺する紫の上（31）の心を自分につなぎとめようとする源氏（39）が、ああでもないこうでもないと紫の上に語りかけている場面における一節。世間が何と言おうと自分の心を強く持ち、後は成り行きにまかせよ、と言う。「有様に従ふ」という文言は、万事につけてこれまで「従ふ」以外の選択肢を持ち得なかった紫の上にとって、とりわけ重く響いたことであろう。

たとえ世間があらぬ噂を立てようとも、本当のことを知っているのは当人同士だけである。ということは、二人だけしか知り得ない秘密ができたということであり、逆に絆が深まる、という見方

もできるにはできる。世間は全く知る由もない、二人の絆の証しとしての秘密。通俗的にも聞こえるが、掲出の一節はそうしたことにも言及しているように思える。とはいえ、紫の上は冷静に自らの置かれた立場を悟り、そこに自らを滑り込ませていく他ないことを否応なく許諾し、その反動として鬱屈の沼に足を取られていくことになる。

世の中はとてもかくても、一つさまにて過ぐすことかたくなむ侍る　総角・八・二三二頁

世の中はいずれにしても、同じような調子で行くことはめったにございません　8―453

病の大君（26）を慰める薫（24）の言葉。これをポジティブにとらえれば、噂もいつかは消えていくから大丈夫、ということになろう。人生には上り坂・下り坂に続く三つ目の坂として「まさか」があるから面白いのだ、とはよくいわれるが、無常観を前向きにとらえれば掲出の言葉のような見方もできる。しかしある程度の年齢となると、そうした言辞が徐々に白々しく聞こえてきてしまうのも事実である。

第4章　モノの言い方

筆者が「モノの言い方」と聞いて思い浮かぶのは、例えば「あの人はモノの言い方を知らない」といった具合に、それが否定的に用いられている場面である。一般に、話し言葉は感情や情緒を表現することが多く、書き言葉は公的で形式的な意味合いが強い（外山滋比古『日本語の個性』中公新書、一九七六年）。それもあってか、「モノの言い方」はその人の印象に直結しやすい。しばらく前のことになるが、『モノの言い方大全』（話題の達人倶楽部、青春出版社、二〇一二年）という厚手の本がベストセラーとなった。今でもよく書店で見かける。伝えようとする内容は同じであっても、言い回し一つで聞き手の印象も変わってくるものである。そこに挙げられた場面別の「モノの言い方」には、なるほどと膝を叩きたくなるものがいくつもあった。核家族化が進んで子育てに関する実用書がたくさん手に取られたように、実用書の流行は身近に暮らしの実際を教えてくれる人がいなくなったことの証しであると聞いたことがある。すべての実用書についてそれが当てはまるとはいい難いであろうが、この本の流行も、地域や会社などで先輩から後輩へ「モノの言い方」を伝える関係が希薄になったことの表れなのかもしれない。

もちろん源氏物語は、そのまますぐに活用できる会話表現の実用書とはとてもいえそうにないが、人のもの言いをめぐっての叙述はいくつか見られる。もちろん、機知に富んだやり取りの才覚という点では清少納言の方が上手であり、タイミング良く簡潔に学識の深さを感じさせるようなウィットに富んだ受け答えの数々は『枕草子』の特長である。とはいえ源氏物語にも、『枕草子』とはポイントをずらしつつ、多くの場合女性を対象として、会話やもの言いについての訓戒や心構えが記されている。やはりこのあたり、女訓書としての性質が強く出ることになる。また、それらに加えて、人を相手にして語ることの効用についても述べられている。本章では以下にそれらを一つひとつ紹介していくことにしたい。

1　会話の手ほどき

◆何事もほどよく

すべて心に知れらむことをも知らず顔にもてなし、言はまほしからむことをも、ひとつふたつの節《ふし》は過ぐすべくなむあべかりける。　帚木・一・七七頁

およそ自分が知り尽くしていることでも知らないようなふりをし、言いたいと思うようなことでも、十のうち一つ二つは黙っている方がよいのだ。　1―260

名高い「雨夜の品定め」における、左馬頭のセリフ。主語がはっきりと明示されていないが、女性について言っていると思しい。左馬頭の語りの結論のような位置にある一文である。

本書の読者は、ここに紫式部の人柄そのものが表れていると思うだろうか。そうだとしたら、それはまさに「作られた紫式部像」にどっぷりと浸っている証拠である。確かに内容的には、漢字の「一」の字さえも知らないふりをしたという、『紫式部日記』に見える紫式部のエピソードとも重なるものである。しかし、当時の日記は公的な性質が強く、その事実が世間に公表されるという前提のもとで執筆されている。日記から導かれる作者像は、当然源氏物語に重ねて享受されることになるが、それは時代の文脈によるところが大きい（後掲のノート❻〔紫式部像の生成〕を参照）。

掲出のセリフに戻ると、これを聞いている源氏（17）は、ただ一人のことをじっと心の中に思い続けている。この理想にぴったりとかなう人物が身近にいるのだ。他ならぬ藤壺その人である。とはいえこの一文は、現代的な視点から考えれば、女性に我慢を強いるものであり、いわば「カマトト」ぶらせるものでもある。昨今ではむしろそれを駆使している女性も多いそうである。坂井順子『男尊女子』（集英社、二〇一七年）には、そうした価値観を逆に利用してたくましく生きる女子の話が盛り込まれている。いわば戦略としての女性性である。紫式部の生き方はむしろそうしたものに近かったのかもしれない。

にやりとりを終えたいものである。「こちなし」は漢字を当てると「骨無し」であり、現代語の「無骨」そのままの意味である。

夜声はささめくしもぞ、かしがましき。

浮舟・一〇・三二頁

夜の声は小さい声で言うのが、かえってやかましい。　10—241

浮舟（22前後）の周りにいる女房たちが寝静まるときに発した一言。しんと静まり返った中では、かえって小声が際立ってしまう。普段は特に気にとめないがそう言われてみれば確かに、と思えることをさらっと指摘する観察眼は、何も清少納言の専売特許ではない。現代とは異なり、当時の夜は伸ばした自分の手先も見えないほどの暗さであったという。そんな完全に真っ暗で静まり返った闇夜ならではの一言である。

馬なる人々の、荒らかなる七八人、男ども多く、例の品々しからぬけはひ、さへづりつつ入り来たれば、人々かたはらいたがり

浮舟・一〇・三六頁

馬に乗っている連中で、いつも通りの荒々しい感じの七、八人、下男が数多く、例のごとく品のよくない感じで、しゃべりながら入って来たので、人々はいたたまれなく思う　10―245

「さへづり」（さへづる）はわけの分からない言葉を話すという意味で、都人が地方人の早口の方言を聞き取れない場合によく用いられる。ここでは「男ども」の東国方言が鳥のさえずりのように聞こえてわけが分からないと見下している。須磨巻にも、「そこはかとなくさへづる」（須磨・三・六〇頁、3―251）と、海女たちの話す言葉を耳慣れない卑俗なものだとする叙述がある。同様に明石巻にも、海女たちが「聞きも知り給はぬことどもをさへづり合へる」（明石・三・六八頁、3―259）とある。

これらを読んで筆者は、かつて高校生のとき世界史の教科書に載っていた、紀元前八世紀のギリシア人が同一民族としての意識を持ち、自分たちを「ヘレネス」と呼び、異民族を「バルバロイ」と呼んで区別していた話を思い出す。「バルバロイ」とは「わけの分からない言葉を話す者」という意味だという。話す言葉が何を言っているのか分からない、よって自分たちとコミュニケーションできない、ということが侮蔑の事由であることは興味深い。いわば他者排除の口実として言葉が機能している。これは、現代日本の方言差別にも通じるものがあろう。アメリカでも移民が英語を話せないことを見下す発想があるという。

とはいえこの物語は、ただ差別するばかりではない。先の須磨巻の引用であるが、その直後は、

「心の行く方《へ》は同じこと、何かことなるとあはれに見たまふ」（須磨・三・六〇頁、3―251）と続いている。「人の気持ちの行方は海女も同じことで、どうして異なることがあろうかと、源氏はしみじみと哀れ深く御覧になる」くらいの意味である。心労は身分の上下に関係なく誰にでもあるというのである。ここには、失意の状況にある源氏だからこそ可能な、弱い立場の人への配慮がある。ちなみに同様の叙述は『紫式部日記』にも見える。

だが、しかし。このまま本欄が終われば、源氏物語は身分を越えた人間同士のあり方を描いたすばらしい書だ、ということになるが、実際はそうともいい難い。なぜならば、そもそも物語文学が成立する大前提には、現代から考えれば相当な差別意識が存在するからである。それが最もよく表れているのは敬語である。特別な設定がされている場合を除いて、近現代の小説における語り手の語りに敬語が用いられることはない。その一方で、冒頭文を参照するまでもなく、源氏物語の地の文は敬語にあふれている。土方洋一（高橋亨他『物語の千年』森話社、一九九九年）によれば、それは身分制社会、つまり天皇を頂点としたヒエラルキーの差別観の表れであるという。それが現代の平等・民主主義社会とは正反対の価値観であることはいうまでもない。『竹取物語』における「竹取の翁」という呼称も、源氏物語における「惟光」「良清」という本名による呼称も、身分の低い者に対する差別である。敬意があれば官職名で呼び、動作主体は明示せず、朧化表現を用いる。ただし、そのような表現は不明確で分かりにくく、現代の国語教育における望ましい日本語表現観と

は対極にある。それを考慮すると、古典文学作品は国語教育の題材として最適とはいい難いのかもしれない。以前、教育学部附属学校の授業実践で、古典文学教材に用いられている敬語を学習し、自分たちの日常生活における敬語使用を見直そうといった趣旨のものがあったが、なんとも調子はずれのものであった。

2　語ることの効用

◆モヤモヤをカタチに

人にのたまひ合はせぬことなれば、いぶせくなむ。　若菜下・六・一一九頁

人とはお話し合いになれないことだから、お心が晴れないのだ。　6―303

源氏（46）は、退位した冷泉院に後継ぎのいないことを、密かに不満に思っている。なぜなら、表向き桐壺院の第十皇子である冷泉院には、実のところ源氏の血が流れているからである。源氏は冷泉院の治世が平穏に保たれ、自らの罪、すなわち藤壺との密通が世間に知られることなく不問に付されたことに安堵する。が、その代償なのか、冷泉院には子がなく、皇統は断絶した。源氏はこの差し替えの関係を宿世ととらえ、無念なこと、物足りないことと思う。そこには冷泉院への憐憫

と、自分自身の無念さが入り混じっている。こうしたことについて、掲出の一言がある。「いぶせく」は漢字を当てると「鬱せく」であり、憂鬱な気持ちの晴らしどころがなく、胸の塞がる思いをしているということである。もともとは出口のない閉塞した状態をいう語であったが、不満の鬱積やはけ口のない憂鬱などにも用いられるようになった（大野晋編『古典基礎語辞典』角川学術出版、二〇一一年）。

心の中のモヤモヤを吐き出して気持ちがすっきりするのは、現代の我々にも思い当たることであろう。人に話すと心が晴れるという、ありきたりといえばそれまでの内容だが、そんな心持ちと体験を、時代を隔てた人々も持っていたと知れば、何だか親近感が湧いてくる。一般論にはなるが、言語は社会が理解可能な記号としてあるため、自分の中だけに蓄積しているものが言語化されればそれが社会へと開かれ、相対化が可能となる。それによって鬱屈した気持ちも少しは楽になるのだろう。こうした仕組みをさらに詳しく解説しているのが、次に挙げる一言である。

げに、心にあまるまで思ひ結ぼほるることども、少しづつ語り聞こえ給ふぞ、こよなく胸の隙《ひま》あく心地し給ふ。

早蕨・九・二三頁

まことに、心いっぱいに鬱積していた思いの数々も、少しずつお話し申し上げなさるにつれて、す

っかり晴れ晴れしたお気持ちになられる（気持ちが開く感じがなさるのであった）。 9―207

匂宮（26）と話し込む薫（25）の様子を見守っていた語り手の一言。薫は父柏木の罪の子として生まれ、非常に内向的な人物である。「おぼつかな誰に問はましいかにしてはじめも果ても知らぬわが身ぞ」という歌が、薫の存在のすべてを表しているかのようである。薫が柏木と女三宮との間に生まれた不義の子であることは、一部の人間だけしか知らず、その秘密は固く守られている。しかし母である女三宮が出家していることなどから、薫は不審を募らせていた。薫は、自分自身の「はじめ」、つまり生い立ちも、「果て」、つまりこの先どうなっていくかも分からず、「おぼつかな」いことだと、自己の存在に根源的な不安を感じている。それを誰に尋ねてよいのかも分からない。自分の大もとをまなざし、意味付けてくれる人がいないのである。鷲田清一（『じぶん・この不思議な存在』講談社現代新書、一九九六年）は次のようにいう。自分が自分であるためには、他者の世界の中に自己が確かな場所を占めている必要があり、いうなれば「他者の他者としての自分」が存在を認められていなければならない。そうでなければ、「他者として承認され」ず、結局のところ「誰にもなれない」。薫の場合は、これが自分という存在の根源において実現されていない。まさに根無し草の状態なのである。

掲出の一言に戻って、ここで薫が話し込んでいる内容は大君についてのことである。この直前に大

紫の上（37、実際は39）に対する源氏（47）の一言。余裕を持つことの大切さや、いつもせかせかしている人の不幸を説く。この物語が伝える人間の生き方の一つである。

罪にあたることは、もろこしにもわが朝廷《みかど》にも、かく世にすぐれ、何事にも人に異なりぬる人のかならずあることなり。

須磨・三・五八頁

罪に当たることは、唐土でも我が国でも、このように世にすぐれ、何事でも人に抜きん出ている方には必ずあることだ。

3—249

これは、自分の娘（18）と源氏（27）を縁付けようとする明石入道（60ぐらい）のおべっかである。入道は言葉巧みに源氏を持ち上げ、自分の意図する方向へ状況を導こうとしている。とはいえ、陰があってこそ光があるのも事実である。抜きん出た才能は、それを取り巻く社会の常識や価値観と必ずどこかでぶつかってしまうということだろうか。死後になってようやくその偉大さや高い価値が認められた人物は枚挙にいとまがない。

心自らおごりぬれば、思ひしづむべき種《くさはひ》なき時、女のことにてなむ、賢き人、昔も乱るる例《ためし》ありける。

梅枝・五・一六八頁

自分で慢心してしまうと、浮気心を押さえるような妻子がないときは、女の問題で、立派な人が、昔でもしくじる例があるのだ。　5―347

源氏（39）から夕霧（18）への助言。源氏が身を持って味わうこととなった後悔の念を、息子に前もって伝えている。端的にいえばこれは、慢心についての諫言である。かつて源氏は確かに慢心していた。賢木巻における朧月夜との度重なる密会を挙げるまでもない。右大臣家にとっては、自家繁栄のカードであった朧月夜が源氏によって奪われた形になり、右大臣は源氏を追放すべく、朝廷に対して異心ありとの風評を流し、窮地に追い込もうと画策した。それが結果的に源氏の須磨への退去を促すことになったのはいうまでもない。まさに「しくじる例」である。

まめ人の心変はるは、名残りなくなむと聞きしは、まことなりけり。

夕霧・七・一四八頁

まじめな人が狂い始めると、別人になると聞いていたのは、本当であった。

夕霧（29）は、自分との関係を拒み続ける落葉の宮にひたすら迫ろうとする。それについて、妻である雲居雁（31）の感懐の一言。実感が込もっている。夕霧は絵に描いたような「まめ人」であったが、落葉の宮に執心するその逸脱ぶりはすさまじいものであった。元の「名残り」が「な」いという表現は少し面白い。

飛躍を承知でいえば、昨今、凄惨な事件の報道で容疑者について、「普通の人でした」という近所の人のコメントを耳にすることが多い。容疑者は内にくすぶるものをひたすら隠し込んで「普通」を演じていたのであろうか。あるいは、「普通」だからこそ魔が差し、尋常ならざるエネルギーが噴出したのであろうか。精神科医にして作家でもある加賀乙彦の著書『悪魔のささやき』（集英社新書、二〇〇六年）には、文字通り悪魔がささやいたことで人が破滅へと向かったとしか思えない事例がいくつも挙げられている。

7—323

いづら、人よりはまめなるとさかしがる人しも、ことに人の思ひいたるまじき隈ある構へよ。

浮舟・一〇・二六頁

どうだ見るがいい、人よりもまじめだといわれてすましこんでいる人の方が、かえってことさら誰も考えつきもしないような隠し事をやってのけているではないか。10―235

前掲の一言と似ているが、こちらは男性の匂宮（27）が薫（26）について言ったセリフ。薫に「隠し女」がいることを聞かされた後、驚きとともにこう言い放った。「隠し女」とは、薫が数年来、人知れず宇治に通って会っていた女、浮舟である。初めの「いづら」は催促したり得意げに問いかけたりする感動詞であり、かねてから薫の聖人ぶった言動を冷笑していた匂宮がここで一気に断罪している。とはいえ匂宮はその女が見たくて仕方ない。この後匂宮は宇治を訪れ、薫を装って浮舟の寝所に入り、契りを結んでしまう。

匂宮の言うように、薫は真面目一筋のようでいて、そこから逸脱していくさまが物語にはたくさん描かれる。道心を深めようとして訪ねた宇治の地であったが、皮肉にもそれが薫を恋に惑わせることになる。

人柄のたをやぎたるに、強き心をしひて加へたれば、なよ竹の心地して、さすがに折るべくもあらず。帚木・一・八五頁

人柄が柔和なのに、無理に強情ぶったので、なよ竹のような感じがして、折れそうでいて折れそうもない。 1―267

何度も出てくる「雨夜の品定め」で源氏（17）は、「中の品」（中流階級）に思いがけなく魅力的な女性が隠れていることを教えられた。それに触発された源氏は空蝉に目をつけたが、そんな源氏をあくまでも拒もうとした空蝉についての一言である（本書109頁参照）。これもまた前掲のセリフに似て、人間の裏面の真実を説くかに見える。「たをやぎ」（たをやぐ）という語は、「撓《たわ》む」（加えられる力に耐えながらしなやかに曲がる）を源とし、しなやかさを帯びた、もの柔らかだ、という意味を持つ。類語に「たをやめ（たわやめ）」があり、「手弱女」と字を当て、性格が柔和で動作がしとやかであることをいう（大野晋編『古典基礎語辞典』角川学芸出版、二〇一一年）。

さて、人間の力強さや我慢強さには、レジリエンスとハーディエンスの二種類があると心理学は教える。レジリエンスとは、困難な状況にあっても心が折れずに適応していく力のこと。他方のハーディエンスとは、心の強靭さや頑健性を意味し、ストレスがかかっても逆境に置かれても全く動じないような強さのこと。この二つは似ているようでいて、少し違う。ハーディエンスの高い人は、心が強いように見えて突然折れてしまうことがある。最近「心が折れる」という言い回しをよく耳にするようになったのは、時代状況により、いわゆる「頑張り屋さん」だった人が突然ダウン

するようになったためだと、榎本博明（『傷つきやすくて困った人』イースト新書、二〇一六年）はいう。こうした人の心の「強さ」には、弾力性や柔軟性が欠けているのである。その一方で、ストレスがかかったり逆境に置かれたりしても、一時的に落ち込んで不安になるものの比較的早く立ち直れるようなしなやかさがレジリエンスである。榎本はハーディエンスを硬いプラスチックの棒に、レジリエンスを柔らかくしなるゴムの棒に例えている。

では、掲出の一言の「たをやぎたる」人は、このどちらだろうか。「なよ竹」はあまりにも細い。『古今和歌集』に「木にもあらず草にもあらぬ竹」（雑下・読人しらず）と詠まれるように、竹は普通の植物とはやや異なる性質を持つ。細くて折れそうなのだが、むしろ、細くて折れそうだからこそ、なかなか折れない。ハーディエンスの方に近そうだが、少し違うようにも思う。むしろ両者が止揚されているような、強情ぶったありようを表している。源氏物語の提示する人間の一側面である。

◆結局のところ

なだらかならむのみこそ、人はつひのことには侍めれ。　夕霧・七・一四〇頁

（人というものは）穏やかなのが、結局のところいちばんでございます。　7—315

ていた。まるで現代の若者が年寄りを通学途中に眺めているかのような一コマである。老人を冷ややかに見る、生命力にあふれた若者。そんな姿が描かれるのも、源氏がまだ一〇代後半で活躍するこの巻の特徴といえよう。自分の末路など、予想だにしていない。

3 立場とともにある人

人間の性格や自我は、先験的な実体としてあるのではなく、それをとりまく状況や他者との関係から相対的に立ち上がってくるものである。このような見方は、ほとんどの学問領域においてもはや常識となっているといえよう。いわば、外面が内面を作るのである。

それと関わって、人間は、立場が異なればやはりその言動も異なってくる。特に源氏物語では、立場が先にあって後から人柄がついてきているかのような人物が何人も登場する。とはいえこれは、物語の中だけの特殊な現象ではない。人は誰しも、社会に存在する目に見えない「役割期待」を無意識のレベルで感じ取り、それに応えて行動している。社会から与えられる属性や、自分自身が所属する物事に囲まれて初めて、私は「私とは誰か」を認識することができる。少し煩雑だが、この意味での私は、他者の「役割期待」としての私、すなわち客我（客体としての自己）である（江原由美子「私を変える」、井上俊他編『自己と他者の社会学』有斐閣アルマ、二〇〇五年）。そして、主我（主体としての自己）である私は客我に積極的に働きかけ、いわばそれを演じる。自己とは場面が産出する結果として

あり、その逆（場面を産出する原因）ではない。

◆高い身分と低い身分

戯れ遊びを好みて心のままなる官爵にのぼりぬれば、時に従ふ世人の下には鼻まじろきをしつつ、追従し気色《けしき》とりつつ従う程は、おのづから人とおぼえてやむごとなきやうなれど、時移り、さるべき人に立ちおくれて世おとろふる末には、人に軽め侮《あなづ》らるるに、かかり所なきことになむ侍る。

乙女・四・七三頁

遊び事ばかりを好んで思いのままの職に就き位に上ると、権勢におもねる世間の人が陰でばかにしながらも、うわべではへつらい機嫌をとってついてくる間は、何となくひとかどの人物らしく感じられて偉そうにも見えるものだが、時勢が変わり、力と頼む人に先立たれて運勢も落ち目になってしまうと、人に軽蔑されて、もうどこにも寄りすがるものとてない有様になってしまうものでございます。　4－248

夕霧（12）の祖母である大宮に、源氏（33）が自身の教育方針を詳しく説明する中での一節。源氏の教育論がよく表れている。このままだと温室育ちになりそうな夕霧に対し、源氏はあえて苦し

い道を用意し、学問を身に付けさせようとしている。源氏自身もまた、高位に上って莫大な費用のかかる行幸を持ちかけられても、「世の中の煩ひならむこと、さらにせさせ給ふまじくなむ」（世の中の一般の人を苦しめるようなことは絶対なさらないように）（若菜上・六・七三頁、6―262）と断るような生き方をしてきた。

さて、掲出の一節に述べられていることは、やはりいつの世にも当てはまるように思う。周りにある目に見えない「鎧」が自分を守ってくれていることに気付かず、自分一人の力で現状が成り立っているのだと思いきや、風向きが変わってその「鎧」が消え去れば、実のところ自分に力などなかったことを痛感する。これは、痛い目にあってからでないと分からない。

菊池寛に「形」という短編小説がある（以下、引用本文は『恩讐の彼方に・忠直卿行状記 他八篇』岩波文庫、一九七〇年によるが、適宜表記を改めている）。登場人物の中村新兵衛は優れた武士であり、「猩々緋《しょうじょうひ》」（黒味を帯びた鮮やかな深紅色の陣羽織）を着て、金色の紐をつけたかぶとをかぶった彼の姿は、「敵味方の間に、輝くばかりの鮮やかさを持っていた」。あるとき、我が子のように育ててきた若い侍が、初陣に際して「猩々緋」とかぶとを貸してほしいと頼み込む。新兵衛は快諾し、その明くる日、「猩々緋」とかぶとをまとった若い侍は華々しく活躍した。一方、その日は地味な鎧とかぶとを身に着けた新兵衛はというと、「猩々緋の武者の前には、戦わずして浮足だった敵陣が、中村新兵衛の前には、びくともしなかった」。そして、「新兵衛は、いつもとは、勝手が違

っていることに気がついた。いつもは虎に向かっている羊のようなおじけが、敵にあった。彼らがうろたえ血迷うところを突き伏せるのに、なんの造作もなかった」。そんな中、「新兵衛は必死の力を振るった。平素の二倍もの力をさえ振るった。が、彼は、ともすれば突き負けそうになった」。

この話の中では、目に見える形で「鎧」の有無が大きく意味を持たされている。本書のこの節の序文をふまえれば、新兵衛の「猩々緋」は「役割期待」を体現するものである。新兵衛は初めそれに気付いていなかった。「猩々緋」とかぶとの貸与を願い出た若い侍に、「あの服折やかぶとは、中さば中村新兵衛の形じゃわ。そなたが、あの品々を身に着けるうえからは、我らの肝魂を持たいではかなわぬことぞ」と忠告したほどであった。しかし無敵の武士という新兵衛像を作り出していたのは、中身としての「肝魂」ではなく、外見としての「形」であった。これは、「役割期待」こそがその人らしさ、あるいはその人物そのものを形作ることを暗示している。ひとたびそれがなくなれば、人はこれまで通りのパフォーマンスを発揮することもかなわなくなるのである。新兵衛もまた掲出の一節と同様に、文字通り痛い目にあった。

ただ、見方を変えれば、「役割期待」に変動が起これば、人はこれまでと異なった頑張りを見せ、成果を発揮することもできるといえるだろう。この小説の中の若い侍がそのよい例である。「役割期待」は、ときに想像以上の自信を我々に持たせてくれもする。その意味でも周囲の環境は重要である。内なるものが外側を作るのではなく、外側が内なるものを作るという図式は、様々な分野や

状況においても当てはまる。人は、笑うから楽しく、泣くから悲しい。

ただ人の健《すく》よかになほなほしきをのみ、今の世の人のかしこくする、品《しな》なきわざなり。

若菜下・六・一一六頁

臣下でまじめな平凡な者だけ、近頃の人が有難がるのは、品のない考え方だ。6—301

真木柱（16か17）との結婚を所望する蛍兵部卿宮に対し、真木柱の祖父である式部卿宮がそれを承諾して口にしたセリフ。「健《すく》よかに」（健よかなり）とは、強ばって立っているようなまじめ一方の様子をいい、あまりよいニュアンスでは使われない。「しっかりしている」という意味がある一方で「ぶっきらぼうだ」といった意味もあり、源氏物語の中でも多く見られる。現代で「健やかな成長」といえば肯定的な色合いが強いのは誰しも認めるところだが、それは近代社会が個人に要求しているものを暗示しているのかもしれない。学校が皆勤賞を表彰するのも根は同じであろう。

さて、掲出のセリフは、当たりさわりのないイエスマンを好む上司への批判としてである。自分の周りにイエスマンを意図的に集めるのであれば、それは独裁者への第一歩ともなろう。それを「品のない」としているところに、権力というものに対するこの物語の思想が表れているといったら、

いい過ぎであろうか。

世の中のかく定めもなかりければ、数ならぬ身は、なかなか心安く侍るものなりけり。

蓬生・三・一四五頁

世の中というものはこのように変わりやすいものですから、身分の低い方が、かえって気楽なものでございました。3—331

末摘花の叔母である「大弐の北の方」のセリフ。末摘花の暮らす荒廃した屋敷に赴き、ここを離れて自分と一緒に転居しないかと勧める場面での一言である。臣下の身分については別の巻で、「げにただ人は心やすかりけり」（本当に臣下の身は気楽なもの）（総角・八・二二〇頁、8—442）と薫（24）も言っている。世の中が移り変わりやすいから身分は低い方が気楽である、というロジックは、現代にもそのまま当てはまるだろう。出世を望まない若者は増える一方である。

◆僧と法師と

を作品の中で用いるようになる。こうしたサイクルが繰り返され、現実の社会とはほとんど無関係に、世代を超えて「役割語」は受け継がれていくという。

そもそも、「老人語」「博士語」は西日本型の方言に酷似している。「老人語」の起源は、一八世紀後半から一九世紀にかけての江戸における言語の状況にまでさかのぼる。当時の江戸において、年輩の人の多くは上方語の言葉遣いをしていた。特に医者や学者などの職業の人物は言葉遣いについて保守的であり、古めかしい話し方が目立ったと思われる。その状況は、当時の歌舞伎や戯作に誇張されて描かれることになった。その後、江戸でも江戸語を話す人々が増加し、明治時代に入ると、江戸語の文法を受け継いで新しい標準語が形成されていく。しかし文芸作品や演劇作品の中では、伝統的に「老人＝上方風の話し方」という構図が受け継がれていく。その後、それは近代的な出版メディアに乗って、少年雑誌の世界へとつながっていった。「老人語」はここで「博士」という新しいキャラクターと出会い、漫画作品の中で増殖していった。以上のように金水は説いている。

平安時代の話に戻ると、山本淳子『平安人の心で「源氏物語」を読む』（朝日選書、二〇一四年）によれば、当時の博士はほぼ菅原家か大江家出身の門閥貴族に限られていたという。それゆえ、学問の世界にも家による格差が生まれ、博士たちが権力を笠に着て振る舞うことがあった。そして、紫式部の父も門閥出身ではない漢学者であったためか、源氏物語には博士の姿が揭出の文章のよう

に滑稽に描かれているという。

源氏は夕霧に、当時の大学で勉強させるという試練を課す。このときの師は大内記という人物だが、貧相であり、学問の才能はあるものの世の中には受け入れられていない。しかし、源氏は彼を評価している。それは源氏物語の持つ、作り物語の先例としての『竹取物語』や『うつほ物語』に対する敬意なのかもしれない。それらの物語の作者は、教養人で政治的志向を断念し、詩文に専念した文人ではないか、といわれるからである。源氏物語は、学問や教養を重んじる姿勢を崩すことがない。

4　子は人を親にする

源氏物語は「親子の情の物語」である、という見方がある。後に本書209頁で挙げるが、紫の上が「女」であることの嘆きを切々と語るとき、そこには「手塩にかけて育ててくれた親も残念に思うはず」という文言があった。また、周囲の人々に翻弄され続け、「自分」というものを持てなかった浮舟は、いつも母のことを思っていた。これらは子から親への思いであるが、親から子への思いも、この物語にはたくさん描かれている。源氏物語の本文には、「引き歌」（和歌を部分的に引用することでその和歌全体を連想させ、意味や情感の幅を広げる表現技法）が随所に見られる。この物語において一番「引き歌」として用いられる回数が多いのは、「人の親の心は闇にあらねども子を思う道に惑ひぬるか

な」（『後撰和歌集』・藤原兼輔）という、子を思う親の思いを詠んだものである。親の心は闇のように分別がないわけではないが、我が子を思うときには何も見えなくなり、また分からなくもなり、迷ってしまうことだ、といった意味である。時代を越えて我々に通じるものがあるのではないだろうか。ただ、後にもふれるが、現代の「人の親の心」は、「あらねども」どころでなく「闇」そのものになってきている感もある。

◆親とは

かく及びなき心を思へる親たちも、世籠りて過ぐす年月こそ、あいな頼みに行く末心にくく思ふらめ、なかなかなる心をや尽くさむ。

明石・三・八六頁

かように及びもつかない望みを抱いている親たちも、私がまだ齢の行かないうちは、あてにもならないことを頼みにして将来に望みをかけてもいようが、なまじ苦労の限りをし尽くすことになろう。

3―276

明石入道（60ぐらい）の期待の娘、明石の君（18）の述懐に見られる一言。明石の君は身分意識に基づき、自分の出自に引け目を感じている。そして、どうせ源氏（27）にはものの数にも入れてもら

えず、大きな煩悶を抱くことになるだけだろうから、せいぜい文のやりとりでも出来れば十分と考えている。しかし親の期待は高く、明石の君に一家の将来を託しているといっても過言ではない。掲出の一言の直後には、長年の祈りがいよいよ実を結ぶと喜ぶ明石入道の様子が描かれている。

この一言の訳文にある「及びもつかない望み」や「苦労の限り」を読んで筆者が即座に思い浮かべたのは、中高生である我が子への望みがあまりにも高過ぎる親である。子はそれに従う他、生き延びる道はない。これについては次のセリフの後に詳しくふれることにしたい。

もとよりさるべき仲、えさらぬ睦びよりも、横さまの人のなげのあはれをもかけ、一言の心寄せあるは、おぼろけのことにもあらず。

若菜上・六・九五頁

もともと親子や夫婦といった当然の親しみ（断つに断たれぬ間柄）よりも、あかの他人がかりそめの情けをかけたり、一言でも好意を寄せたりするのは、並大抵のことではない。　6—283

明石の女御らとの接し方について、源氏（41）が紫の上（33）を褒めそやす中でのセリフ。本書107頁のフレーズと同じ場面に見られるものである。明石の女御とは他人同士であるにもかかわらず、親しみの情を細やかにかけることができている紫の上は尊いと言う。

セリフの中に見える「えさらぬ睦び」の「えさらぬ」には、「捨ててはおけない」や「避けられない」といった意味がある。母子の情愛を、母親であれば不可避に生成するものだと位置付けるかのような語感が印象的である。それかあらぬか、昨今では人に自然に備わっていると社会が規定する「親子の情」が上手く作動しないことによるトラブルや、「母」という制度的な枠組みによって引き起こされる諸問題が表面化しつつある。親子という紐帯が個人の幸福を阻害してしまうことさえある。それについては例えば、『シック・マザー』（筑摩選書、二〇一一年）や『母という病』（ポプラ新書、二〇一四年）などで多くの読者を得た精神科医で作家の岡田尊司の名前を挙げておきたい。

筆者は勤務校の保護者会で「依存症マップ」なるものを配布したことがある。渡辺登監修『依存症のすべてがわかる本』（講談社、二〇〇七年）からの受け売りである。ギャンブル依存や薬物依存などは有名だろうが、それ以外にも実にいろいろな依存症があり、例えば遅くまで会社に残る日が続くことも、職場への依存の一種なのだそうである。そんな中、子どもだけを自分の生き甲斐とする親についても、依存症の一種として挙げられていた。それは、軽度の共依存につながるときもある。とりわけ中学校受験は「親と子の受験」といわれ、親は子に付きっきりで勉強を教えてきた「実績」を持つため、入学後も細かく子どもの学習面をコントロールしようとすることが多い。進学校の中高生は驚くほど試験の点数に敏感で、成績に関して異常なほど親を恐れている。成績が悪くなれば自分は見捨てられると思っているかのようである。先に挙げた岡田の唱える「愛着

モデル」では、人が幸福に生存するにはその人にとっての「安全基地」が上手く機能し、「安全基地」となる人物との安定した愛着関係が維持されていることが重要であるとされる。そのため、問題の解決に際しては、それが損なわれている事態がないかにまず注意を払う。善意によるものとはいえ、親の期待を押しつけて勉強させ、結果的に本人を虐待するのに近い状況（いわゆる教育虐待）においては、本来は「安全基地」でありその子の安心の拠りどころであるはずの親という存在が、その思いとは裏腹に本人を痛めつけてしまい、子どもに害をなす存在となってしまう（岡田尊司『愛着アプローチ』角川選書、二〇一八年）。

限定された一部の例からの考察ではあるが、この節の序文でも少しふれたように、現代はまさに「人の親の心は闇」なのかもしれない。

◆子育てのヒント

幼き人、な腹立てそ。　浮舟・一〇・二四頁

小さい人に、腹を立てるものではない。　10—234

二条院にいる童女《わらわめ》について、使用人である少将の君が、「あの子は無分別の出過ぎ者だ。子ども

しまっておけないで、ほかの人に話したくてたまらないのは、こまったものですね。「光源氏」などともてはやされ、一世を風靡《ふうび》したご本人が、必死に隠し通そうとしておられた過ちまでもほじくり返して、ご本人が亡くなってだいぶ経った今頃になって、いっそう軽薄な評判を広めようと思っているこの物語の語り手の口の悪さと言ったら、恥ずかしくなってしまいます。その語り手とは、かく言う私なのですが、口の軽さを最初に皆さんにお詫びしておきます。

その一方で、源氏物語の語り手は「ぬえ」のように物語世界の中にも外にも漂う機能や現象としてあり、融通無碍な存在であるという性質も持つ（高田祐彦「語りの自在性」、安藤宏・高田祐彦・渡部泰明『日本文学の表現機構』岩波書店、二〇一四年）。作中人物の心の中がはっきりと見えて言語化できる（心内語）というのは、その機能の表れである。

これらのことは、ある種の矛盾であるといえる。語り手は機能としてあるべきなのだが、読者の中で実体ともなってしまい得る。源氏物語の語り手のこうしたありようは、どこかあいまいさの付きまとうものであり、古代的性格とまとめられることもある（増田繁夫「語り手」、秋山虔編『源氏物語事典』学燈社、一九八九年）。加えて、そもそも物語文学における語りとは、かつての正統的な音声的伝承という範疇にあり、語るという行為の共同性を強く持った言語活動であり、聞き手を自らの言葉に巻き込んでいくという「騙り」のニュアンスを含み持つものである（小森陽一「語り」、石原千秋他『読むための理論』世織書房、一九九一年）。しかしながら、古代的なあいまいさとして思考を停止するので

はなく、そうしたことを考慮しつつも、近現代小説でいうところの語り手と措定した上で、その機能を分析していくことも必要であろう。ちなみに、源氏物語の作者と語り手の違いについて説明するときに、物語世界における身分を推定することで、それが作者である紫式部とは異なるから両者は異なった概念であるとするのは、語り手本来の性質である機能的側面にふれておらず、適切とはいい難い。

・語り手は書いているのか、語っているのか

素朴に考えれば、語り手という術語は、書かれたものとして作品があるにもかかわらず、そこに「声」を見出すものである。以前中学生が書いた作文の中にも、「今日はこのことをお話ししたいと思います」という文言があったが、これは文字の奥に響く話声を想定しているのであろう。この語り手という術語は、二〇一二年度から使用が開始された三社の中学校一年生用国語科教科書のコラムにおいて、学習用語として取り上げられているそうである（須貝千里「「語り手」という「学習用語」の登場」「日本文学」二〇一二年八月）。それをふまえて野中潤（「この教材に「語り手」はいますか?」「日本文学」二〇一七年一月）は、「語り手」が学習用語として認定されることにより、そこに学校の教室という権力関係が働き、学習者は書かれ印刷されている近代小説を「語られたもの」として受容することを強いられるという。学習者は、「国語科の授業におけるローカル・ルールとして、教室内のお約束として、「書かれたもの」としての言葉をつむぐ主体を「語り手」と見なすというフィクションを受け入れるのである」。

この野中を引きつつ西田谷洋（「語り手と視点」『村上春樹のフィクション』ひつじ書房、二〇一七年）は、近代文学においては活字媒体で描かれる物語の伝達が書記なのか音声なのかが問題とされた時期もあったが、昨今では、語り手・話し手・書き手といった区別は常に厳密になされていないという。そして、たとえ音声での伝達形式であっても、活字メディアの物語は日常会話の物語とは表現が異なり、そうした仮構された伝達形式の差異は、表現の差異に有意に表れるとは限らないとする。ただ、「考えることは書くことにおいて成就する」という大澤真幸（『思考術』河出ブックス、二〇一三年）の印象的な言葉を引くまでもなく、書くことは語ることよりも、より多くの準備と思索をともなうものではある。

また、古典文学、その中でも物語文学は書記された言語としてあるが、それは物語るという形式をとり、内容が物語られるという建前を持つ。同じ文言の繰り返しが多い『竹取物語』などのように、語るという口頭語の段階から分化しつつも、書記言語としての様式が十分に完成していないものもあるが、特に源氏物語には物語るという形式について格別に意識的な姿勢がうかがわれるのも事実である（増田繁夫「語り手」、秋山虔編『源氏物語事典』学燈社、一九八九年）。

1　男の語る「女」論

◆理想篇

うはべばかり繕ひたる御装ひは、あいなく　初音・四・一六三頁

表面だけを取り繕ったお身なりは、感心しない　4―328

特に女性と限定しているわけでもなさそうだが、寒そうにぶるぶると震えながら話す末摘花を見かねた源氏（36）が、「服装の世話をする人はいるのか」と尋ねた後、「気楽な住居ではひたすらくつろいだ格好でふっくらした柔らかい素材のものがよい」と助言する中でのフレーズ。衣服に関する実用面の大切さが説かれている。

この場面で末摘花は源氏に、「兄弟の世話に手間取り、皮衣《かわぎぬ》までその兄に取られてしまい寒い」と嘆いていた。末摘花のいう皮衣とは「黒貂《ふるき》の皮衣」のことであり、以前の末摘花巻にも登場していたものである。源氏は嘆きに対し「それで結構。皮衣は山中で修業をする兄の蓑《みの》の代わりにちょうどよい」などと言っている。

こうしたやりとりの背景には、当時の国交の状況がある。以下、河添房江『源氏物語と東アジア世界』（ＮＨＫブックス、二〇〇七年）に導かれながらそれについて見ていくと、「黒貂の皮衣」とは渤海国からもたらされた舶載品の毛皮であり、エキゾチックな交易品である。それを入手できたのは富裕な貴族や商人など一部の層に限られていたため、富と高貴と権力のステイタスシンボルであ

り、平安朝においては防寒着としてブームになっていた。光孝天皇の仁和元年（八八五年）には禁令が出されたほどである。が、そんな「黒貂の皮衣」も、おそらく一〇〇八年に成立したであろう源氏物語の物語世界では、時代遅れの品として扱われている。末摘花巻において末摘花が身に着けていたそれは、若い女性に全く似合わないものとして描かれ、嘲笑の対象でさえある。

末摘花巻で末摘花の異様な容貌と装いに驚いた源氏は、かえって末摘花をいじらしく思い、その後もしばしば使者を派遣し、衣類の贈り物をしていた。それを語る本文には、「黒貂の皮ならぬ絹、綾、錦など、老人どもの着るべき物のたぐひ、かの翁のためまで、上下《かみしも》思しやりて、奉りたまふ」〈黒貂の皮ではない絹や綾、綿など、老女房たちが着られそうな衣類を、あの老人のためにまで、上から下までの人々に心をお配りになって、贈り物を差し上げられる〉（末摘花・二・四一頁、2―220）とある。河添はこの叙述のうち、特に初めの「黒貂の皮ならぬ絹、綾、錦」について、「末摘花所有の古めかしい渤海国の毛皮が時勢に合わないことに対して、光源氏が皮肉を交えながら、日本からの代表的な交易品である絹・綾・綿を贈っている」とし、「渤海国と日本との相互の交流を『源氏物語』が意識し、強調するものともいえる」と説いている。

ただ心の筋を漂《ただよ》はしからずもて鎮めおきて、なだらかならむのみなむ、目安かるべかりける。

玉鬘・四・一五四頁

ただ心を移り気でなく落ちつけて、うわべは穏やかにしているというのこそ、感じのいいものなのだ。
4―319

源氏（35）が紫の上（27）を前にして、玉鬘（21）への教育方針も含めつつ女性論を展開する中での一言。女が一つの好きなことだけに打ち込んでいるのは見よいものでもなく、さりとて、どんなことにもまったくの無調法というのも感心しない。そこで、自分をしっかり持ちつつ、それでも表面的には穏やかなのが、人から好感を持たれるだろう、という結論に至っている。

うがった見方かもしれないが、当時の状況を考えれば、これは女性論という形をとった訓戒であり、女性に男性の視線を内面化するよう仕向ける意味合いがあるのではないだろうか。さらにいえばこれは、主体性を発揮しない消極的な女性という社会的性差を押しつけることにもつながっていくものである。似たようなフレーズはいくつもあるので、以下に列挙していくことにする。

はかなびたるこそはらうたけれ。かしこく人になびかぬ、いと心づきなきわざなり。
夕顔・一・一四四頁

頼りなさそうなのが愛らしいものだ。利口で人のいうことを聞かないのは、決して好ましいもので

すっかり気の抜けた思いがするとぼやく夕霧（12）に対し、彼を自分の手元で育てた祖母である大宮が発破を掛けるセリフ。夕霧はこのとき六位である。

ところで、この後、大宮がくよくよとしている夕霧の様子を「ゆゆしう」〔縁起が悪い〕と表現しているのは興味深い。そのように大宮がいうのは、物思いに沈んでふさぎ込んでいると物の怪に乗じられかねないからだと小学館『新編日本古典文学全集』頭注は教える。現代でいうところの心の不健康について、この世ならざるものを引き合いに出して意味付けるという、当時の異界との距離感覚が何とも新鮮である。

いかにもいかにも、二心なからむ人のみこそ、めやすくたのもしきことにはあらめ。

東屋・九・一四〇頁

どんなであっても、女一人を守る男だけが、体裁もよく頼もしいことであろう。 9—310

このいといふかひなく、なさけなく、さまあしき人なれど、ひたおもむきに二心なきを見れば心やすくて、年ごろをも過ぐしつるなり。

東屋・九・一四一頁

今の夫は何ともふがいなく、思いやりがなく、不格好な人だけれども、ただ一途に私一人だけでい

てくれるのを見ると安心で、何年も過ごしてきたのである。　9―310

これら二つのフレーズは、浮舟の母である中将の君のしみじみとした実感である。その念頭には夫の常陸介《ひたちのすけ》がある。乳母は浮舟の結婚相手に薫（26）を勧めるが、中将の君はそれに反論してこのように言った。

かたちいと清げになまめきたる様したる人の、用意いたくして、さすがに乱りがはしき、をかしく見ゆ。

若菜上・六・一〇一頁

容貌がたいそう綺麗でやさしい感じのした人が、心遣いも十分にして、それでいて活発なのは、見事である。　6―288

蹴鞠を楽しむ貴公子たちの中でもひときわ目立つ柏木（25か26）を評する語り手の一言である。

◆現実篇

さばかり心深げにさかしがり給へど、男といふものの心憂かりけることよ。　宿木・九・八〇頁

あれほど心深そうに賢人ぶっていらっしゃるけれど、男というものはいやなものだこと。　9―258

薫（25）に対する語り手の女房の一言。それまでの薫は、道心を深めようと訪れた宇治でむしろ恋の道に迷っていたが、このときの薫は迷うどころか、もはや道心に外れた恋に取り込まれていた。具体的には、後見をするはずの中の君に対して恋慕の情を抑えきれず、匂宮に譲ったことを後悔し、思い余ってその意中を訴えようとした。中の君の妊婦の帯に手が触れて自制したものの、やはり彼女のことが頭から離れない。そんな薫についての、達観したかのような語り手の女房による感想である。そこには「男」一般への批判も込められている。

男といふものは、そらごとをこそいとよくすなれ。思はぬ人を、思ふ顔にとりなす言の葉多かる　総角・八・二二六頁

男というものは、嘘をよくつくものだそうだ。思ってもいない女を、さも思いを寄せているような顔でだます言葉も多い　8―447

大君（26）の近くにいる女房たちのささやき。それを大君もなるほどと思って聞いている。端的にいって大君は、匂宮（25）を恨めしく思っている。匂宮は三日間宇治に通い、中の君との正式な結婚が成立していた。が、皇子である匂宮にとってたびたび宇治を訪れることはままならず、薫（24）の勧めで密かに宇治へと紅葉狩りに赴いたときにも、仰々しいお供の一行に囲まれ、結局中の君のもとを訪ねることはできなかった。中の君に対する匂宮の思いは真剣であったにもかかわらず、そこには、ことあるごとに匂宮の自由を阻もうとする母、明石の中宮の策略がある。

しかし大君たちはそれを匂宮の裏切りととらえ、身分の違いを痛感し、落胆した。そんな中で物語の言説に浮上したのが掲出のささやきである。そしてこの件は大君が病に臥す原因となり、その後、夕霧の娘である六の君と匂宮の婚約が耳に入ったことで大君の落胆ぶりは加速し、生きる気力までもなくし、遂には死に至るのである。

世のたとひに言ひ集めたる昔語どもにも、あだなる男、色好み、二心ある人にかかづらひたる女、かやうなることを言ひ集めたるにも、つひによる方ありてこそあめれ。

若菜下・六・一五一頁

世間で引く例として語り集めた昔話の数々の中にも、不誠実な男や、色好み、二心ある人に関係した女、こうした類の話を語り集めたものでも、結局は定まる女があって終わっているようだ。

6—331

紫の上（37、実際は39）の発病直前の語りに見られる一言。この直後に、「それなのに私は妙に浮いたままで過ごしてきたこと」と続き、苦悩を続け、夜が更けて眠った明け方から胸を病んだ。その過程は大君のそれとよく似ている。

3　女の語る「女」論

◆女ばかり

御心のらうらうじく気高く、おほどかなるものの、さるべき方には卑下して、憎らかにもうけばらぬなどを、褒めぬ人なし。

若菜上・六・八二頁

苦労を積んで洗練され品もあり、おおらかではあるが、しかるべき時にはへり下って、小憎らしく出しゃばったりしないのを、ほめない人はいない。

6—271

明石の君（32）の心構えについての、語り手による評言。物語はこうした人に光を当てている。まさに女が認める女なのであろうか。先に本書109頁でもふれたが、明石の君は長きにわたって耐え続け、その後に幸福を手にしていた。

巻は少し下って若菜下巻、六条院の正月の女楽（女君たちによる演奏会）において明石の君は、服装の面では自ら女房格のものを着用して、ことさら自分を卑下しているのであるが（それは彼女の一貫した処世の態度でもある）、女三宮や明石の女御、紫の上といった高貴な女性らの傍らで気圧されることもなく、その様子は実に奥ゆかしい。明石の君の内側に秘められた美質が出自の低さに打ち勝っている、と源氏（41）も感じている。そして、高級な舶来の褥《しとね》（座るときの敷物）を辞退し、自分の抜群の技量をひけらかさない遠慮深さは、その演奏よりもこの上なく好ましく、「五月待つ花橘」の花も実も一緒に折り取ったときのかぐわしさを連想せずにいられない、と源氏は思う。ここには有名な、「五月まつ花橘の香をかげば昔の人の袖の香ぞする」（五月を待って咲きはじめた花橘の香をかぐと、昔親しんだ人の袖の香がしてその折のことが思い出される）（『古今和歌集』・夏・読人しらず）という和歌が部分的に引用されていて（引き歌）、そのことは、源氏が感じ取る明石の君の美質が、かつての須磨・明石への流離時代を回想することとともにある状況を表している。

ちなみに、この「五月まつ…」の歌は、源氏物語の中で何度も引き歌にされており、少なくとも他に六例を数える。それを順に挙げると、乙女巻には、六条院の前栽として植えた花の中に「昔お

ぼゆる花橘」（乙女・四・一一三頁、4—283）があり、そこに「昔」が呼び起こされている。また幻巻で、亡き紫の上の一周忌が近付き、源氏と夕霧が唱和する際に夕霧の詠んだ「ほととぎす君につてなむふるさとの花橘は今ぞさかりと」（ほととぎすよ、亡き御方に言伝てておくれ。昔のお住まいの花橘は今が盛りですと）（幻・七・一八九頁、7—360）という歌が見え、そこには、「ほととぎす」の語とともに「昔の人」である紫の上を偲ぶ心が込められている。そして早蕨巻では、薫と中の君とが「色も香もなつかしき」紅梅を見て亡き大君を追慕する場面において、「風のさと吹き入るるに、花の香も客人《まらうと》の御匂ひも、橘ならねど昔思ひ出でらるるつまなり」（風がさっと吹き入るにつけても、花の香りも客人の御においも、あの「五月待つ花橘」ではないけれども、昔の人を思い出さずにはいられないよすがである）（早蕨・九・二七頁、9—211）とある。以下、長くなるので簡略化するが、他にも花散里巻で源氏が花散里を訪ねる際や、胡蝶巻で玉鬘を訪ねた源氏が夕顔を思い出す際、そして蜻蛉巻で失踪した浮舟をめぐって薫と匂宮と中の君との錯綜した心の関わりが描かれる際などに、それぞれ「五月まつ…」の引き歌が見られる。

女ばかり、身をもてなすさまもところせう、あはれなるべきものはなし。もののあはれ、をりをかしきことをも見知らぬさまに、ひき入り沈みなどすれば、何につけてか世に経

るはえばえしさも、常なき世のつれづれをも慰むべきぞは。おほかたものの心を知らず、言ふかひなき者にならひたらむも、生ほしたてけむ親もいと口惜しかるべきものにはあらずや。心にのみ籠めて、無言太子とか小法師ばらの悲しきことにする昔のたとひのやうに、あしき事よき事を思ひ知りながら埋もれなむも言ふかひなし。わが心ながらも、よきほどにはいかでたもつべきぞ

夕霧・七・一三一頁

女ほど、身持ちが窮屈で、かわいそうなものはない。感ずべきことも、面白いことも分からないふりで、人前に出ず引っ込んでいたりするのだもの、いったい何によって生きている間の栄誉も、無常の世の無為も紛らわせようぞ。そういうことは一切何も分からず、お話にならないものとなっていては、手塩にかけて育ててくれた親も残念に思うはずのことではないか。胸一つにおさめて、無言太子とかつまらない小坊主どもが悲しい話にする昔のたとえのように、悪いことと良いことはきちんと分かりながら口に出さずにいるのもお話にならないことだ。自分ながら、立派にどうして身を持ち続けることができようか　7—306

源氏物語の女性観として名高い文章。夕霧（29）が、雲居雁（31）と落葉の宮との間の混乱を引き起こし、それを静かに見守る他ない状況下で生まれた、紫の上（42）の述懐である。人間関係の

ごたごたがあると、そのつけはすべて「女」に回ってくるともいっている。

この文章が生まれる背景を少し詳しく説明したい。堅物の夕霧は落葉の宮への恋心を募らせており、自分の思いのたけを訴えて一夜を明かした。が、落葉の宮の母である一条御息所は二人の結婚に慎重で、病をおして夕霧の真意を確かめる手紙を書き送った。しかしその手紙は夕霧の妻である雲居雁によって隠されてしまい、夕霧がその返事を書くまでに時間がかかってしまった。一条御息所はそれを夕霧の不誠実さの表れであるとして恨み、病状は悪化し、そのまま他界した。落葉の宮は夕霧を疎んじて拒み通し、出家を願う。そんな噂を耳にした紫の上の述懐が、掲出の文章である。

本書ではここに「親」が持ち出されているところに注目したい。これは『紫式部日記』の内容にも通じ、先に174頁でも示した、「人の親の心は闇にあらねども子を思う道に惑ひぬるかな」(『後撰和歌集』・藤原兼輔)という、子を思う親の心を詠んだ歌が、源氏物語の中で最も多く引き歌となっていることにも通じるだろう。掲出の文章は「と思しめぐらすも」と語り手によって引き取られ、その後、「今はただ女一の宮の御ためなり」と続いている。この「女一の宮」とは今上帝と明石の女御との間の長女であり、紫の上が特に愛育している。紫の上もまた、娘のような存在を持って、このような思いに至ったのだろうか。母のような立場を得て、改めて自己の半生が見直されたのだろうか。愛情を与える存在となり、自分の親の気持ちもしみじみと分かり、改めて「女」という存在の困難を思ったに違いない。

第7章　自然が人を生かす

昨今、もはや自然は脅威でしかないと感じることが多くなった。自然との共生がさかんに叫ばれたこともあったが、この頃の実感としては、共生どころか人間は自然の中でどうにかこうにか生きさせてもらっている、ただそれだけである。天変地異から逃れたいと科学に頼ってみたところで、大地震が起こる正確な日付と場所は分からない。人間の無力さを感じるばかりである。

さて、源氏物語を読んでいると、人が自然やその風景からいかに大きな影響を受けているかがありと感じられる。このように「影響を受けている」というとき、そこに主体として据えられているのは人であるが、場面によってはもはや人が主体なのか風景が主体なのか分からなくなるほどである。むしろ、自然の風景がまずそこにあって、その付属品のように人が添えられていると表現した方が正確な場合も少なくない。人の心が風景に象られるというよりも、風景は人の心そのものであるといった趣がある。とはいえそれは、いわばデフォルメされた自然ではある。

自然とともに、というよりも、自然そのものとして生きる人。この物語が含み持つそのような姿勢は、我々の生きる近現代の一般的な自然観とは対照的である。近代的な自然科学に包摂される自然観

は、物心二元論を特徴とするものであった。物心二元論とは物理と感性との二元論であり、人間を主体として、感性の側から物理をとらえるというものである。それは生態系とは似ても似つかない。それに基づいて自然を分解・分析し利用するのであるが、それと同時に環境問題が生じることは今さらいうまでもない。人間は科学によって自然を操作できると思い込んでいた。が、それは東日本大震災の後、環境問題の後戻りできない地点である原子力発電の脅威によって、見事に打ち砕かれた。まさにそれは「悲劇的帰結」であったと、河野哲也『意識は実在しない』(講談社選書メチエ、二〇一一年)の序論に置かれた「環境問題と孤立した個人」の段落は結ばれている。そのメッセージ性はあまりにも強い。この序論の部分が、震災の翌年、東京大学を始めとする複数の大学の入試(現代文)で問題文となったのも頷ける。

月並ないい方になるが、人間は自然といかに関わっていくのか。源氏物語は、我々の常識とは異なる自然観をいくつか提示している。本章では少しの間それらに耳を傾けることとしたい。

1　自然が自己を立ち上げる

この節のタイトルが「自然」を主語としているところに注目してほしい。二元論の枠組みから脱していないという謗りは免れないが、物心二元論とは世界のとらえ方が逆になっている。

源氏物語の中には、登場人物が自然の風景に触発されるようにして自己の「来し方行く先(末)」

に思いをめぐらせる場面がしばしば見られる。例えば須磨巻において、海面一帯がうららと凪いでいて、果てもなく茫としているとき、祓え（神に祈り罪や穢れを除き去る儀式）の最中に、源氏（27）が「来し方行く先」を思っている（須磨・三・六三頁、3―254）。また玉鬘巻において、上京のため筑紫を脱出した玉鬘（21）と乳母ら一行が、世のわびしさを感じつつ、夏が過ぎ秋になるにつれて「来し方行く先」を思っている（玉鬘・四・一二八頁、4―296）。そして総角巻では、大君（26）が、初冬の寂しく時雨れた夕暮れ、紅葉を吹きはらう風の音を聞いて「来し方行く先」を思っている（総角・八・二三五頁、8―455）。「来し方行く先（末）」とは過去と未来であり、そこから姿を現してくるのは物語としての自己である。先に本書68頁でふれたように、人は、過去の任意の出来事を意図的につなげて一貫したストーリーを作ることで、自己を構築する（自己物語）。とすると、そうした場面で自然は人物の自己意識や存在感覚に揺さぶりをかけているのであろうか。以下に具体的な場面を見ていきたい。

◆雪の風景

雪かきくらし降りつもる朝《あした》、来し方行く末のこと残らず思ひつづけて

薄雲・四・二一二頁

空も真っ暗に雪が降って積もった朝、過去のこと未来のことを一つ残らず思いめぐらせて　4―204

語り手が明石の君（22）について語っている。先に本書180頁で近くの場面からのフレーズを扱ったが、ここで明石の君は最愛の娘（3）と別れなければならない。娘は源氏（31）に引き取られるのである。それはこの上なく辛いが、娘の将来のためには心を鬼にする他ない。そんな明石の君のみじめで暗く希望の持てない思いは、「雪、霰《あられ》がちに、心細さまさりて」と始まる場面の、灰色の空から間断なく降り続く雪や汀《みぎわ》の氷によってのみ象られる。というよりもむしろ、そうした風景が、明石の君の心そのものである。抽象化された「意味されるもの」（シニフィエ）としての心という次元をそこに設定する必要はない。ここで明石の君は風景に溶け込んでいる。風景としての心情があり、そこに人の存在が付け加えられている。

雪は世界に必要以上の光を与え、人々の気持ちを高ぶらせもする。この物語には、未来どころか「この世の外《ほか》のこと」、すなわち来世にまで思いが及ぶという叙述も見られる。それを次に掲出する。

冬の夜の澄める月に雪の光りあひたる空こそ、あやしう色なきものの身にしみて、この世の外《ほか》のことまで思ひ流され、面白さもあはれさも残らぬ折なれ。

朝顔・四・六四頁

冬の夜の冴えた月の光に雪の照り映えた空が、華やかな色のない眺めでありながらも妙に心にしみ

て、この世の外の来世までが思いやられ、見た目の美しさもしみじみとした情感もこれに過ぎるものはない、と感じられる折である。　4—241

源氏（32）の語り。冬の夜の景については、鈴木日出男『源氏物語歳時記』（ちくま学芸文庫、一九九五年）が、「冬の夜はとりわけ、閉ざされたような世界にあり、そのためにかえって、わが身を思い他者に思いを馳せながら、さまざまな思念を深めさせるもののようである」と説いている。現代の我々には、自然の風景やその美しさに圧倒されて自己の存在感覚が揺らぎ、この世の生を超越するような人間の普遍的な意味にふれた経験があるだろうか。

また掲出の一節には、大岡信『うたげと孤心』（岩波文庫、二〇一七年）にも論及がある。大岡はそこで、紫式部の省察には「一種の凄み」があり、それは「彼女が現実の雪景色の中に新しい美を見出し得たという事実に加えて、それをただちに「この世のほか」の世界への夢想と重ねあわせて眺めうる複眼の思想を持っていることに由来しているだろう」と説いている。

ところで、掲出の一節の直後には、「すさまじきためしに言ひ置きけむ人の、心浅さよ」とある。これは清少納言を指していると思しい。現存の『枕草子』に冬景色を「すさまじ」とする叙述は見当たらないが、源氏物語に関する鎌倉時代の注釈書『紫明抄《しめいしょう》』によれば、「すさましき物、しはすの月よ、おうなのけしやう」という本文が得られる。紫式部と清少納言の対立は『紫式部日記』に

詳しく、「清少納言こそ、したり顔にいみじう侍りける人」で始まる一連の清少納言批判は有名であるが、実はこのように、源氏物語にも清少納言への批判を見出すことができる。ちなみに、『紫式部日記』に書き連ねられている清少納言批判の要点を紹介すると、

・得意顔で偉そうにしている
・漢字を書き散らしたが、その教養は足りない
・いつも他人よりも優れた存在でいようと心掛けている
・風流ぶって無理やり風情を見出し、かえって浮薄なことになっている
・その浮薄な人の果てはよいはずがない

といったものである。ただしこれは個人間の争いではなく、いわゆるサロン同士の抗争によるものである。紫式部が宮仕えに出たとき、清少納言は既に宮仕えを退いていた。それゆえ、二人の直接対決は考えにくい。『枕草子』は輝かしい中宮定子サロンの記念碑としてあり、紫式部にとって何か引っかかる存在であったと思われる。定子の没後、名実ともに他に並ぶもののない存在となっていた中宮彰子サロンは、女房たちが消極的でおとなし過ぎるという評判があったらしく、機知に富んだ闊達な定子サロンを記した『枕草子』は、意識せざるを得ない存在であったと推測される。また、漢詩文の教養を背景に男性貴族と丁々発止と渡り合った清少納言は、同様に漢詩文の知識に自信があった紫式部（ノート❻〔紫式部像の生成〕参照）を刺激したことだろう（福家俊幸「和泉式部と

清少納言」、高等学校古典B編集委員会編『高等学校古典B古文編　指導資料②』三省堂、二〇一四年）。

◆夜な夜なの寝覚め

人やりならぬ独り寝したまふ夜な夜なは、はかなき風の音にも目のみ覚めつつ、来し方行く先、人の上さへあぢきなき世を思ひめぐらしたまふ。

宿木・九・四九頁

誰のせいでもない自ら選んだ御独り寝の夜な夜なは、かすかな風の音にさえ目覚めがちになっては、これまでのこと、またこれから先のことを、そしてこの妹君の身の上についてまで偲びつつ、思うにまかせぬ憂き世のことをつくづくと思いめぐらせなさる。　9―231

薫（25）が、大君の死や、中の君（当時24）を匂宮（当時25）に譲ったことについて孤独に思い続けている様子を表す一節。そこには当然、自責の念がある。少し確認しておくと、大君の死は全くもって薫のせいであった。迂遠ながらその事情は次の通りである。薫は大君に対し、妹の中の君を匂宮と結婚させるよう勧め、自分は大君と結婚したいと訴えた。ところが大君は薫の意向に従おうとせず、父である八の宮の遺言を顧慮し、中の君と薫を結婚させ、自分は親代わりとして中の君の世話をするのがよいと考えるようになった。そこで薫は強硬策に出る。八の宮の一周忌の直後、結

婚するのに吉日の日、匂宮を宇治に案内し、自分が大君と会っている間に弁に手引きをさせ、匂宮を中の君に会わせたのである。大君はこれに怒った。そして、諸事情により匂宮の訪れがままならないことを嘆き、その誠意のなさを悲観した大君は、今後の中の君の不幸は避けられないと思い込み、病に臥した。その看病のために滞在を続ける薫に対し、大君は「中の君を自分と同じだと思って結婚してほしいと言ったにもかかわらず、そのようにしてくれなかったことが恨めしい」と言い残してこの世を去った。

薫は敏感にならざるを得ない。「はかなき風の音」は薫を目覚めさせるのに十分なのである。

夜な夜なの寝覚めには、この世かの世までなむ思ひやられてあはれなる。

宿木・九・七一頁

夜ごとの寝覚めには、現世来世までが思いやられてしんみりする。　9―250

目をかけている女である按察使《あぜち》の君のもとで夜を明かした薫（25）が、そこから立ち去る際、話題をそらしてごまかすかのように言ったセリフ。係助詞「なむ」による念押しの強意が効果的である。とはいえ薫の「寝覚め」は、別の箇所で「例の、寝覚めがちなるつれづれなれ」（例によって寝

覚めがちの薫の所在のなさ〕（宿木・九・七〇頁、9―249）と語られるように習慣化しており、その苦悩は深まるばかりである。掲出のセリフにも「かの世」とあり、来世が顔をのぞかせている。この世の苦悩の向こう側にまだ見ぬ別の世界が姿を現すといったら、あまりにも作り事めくだろうか。しかしそれが人間の本当なのだと、この物語は教えている。

「夜な夜なの寝覚め」といえば、源氏物語の後に成立した平安後期物語である『夜の寝覚』を取り上げないわけにはいかない。その書名の通り、女主人公である寝覚の上の、夜にふと目が覚めてしまうほど尽きない物思いや苦悩を描くものである。心内語が非常に多く、その心理描写は実に克明である。

当時、夜は一つの空間としてあった。夜を自然の一つとして扱うことには批判もあろうが、ここでは掲出したそれぞれのフレーズに見える「来し方行く先」や「この世かの世」の言葉に引かれて取り上げることとした。

2　風景とシンクロする心

源氏物語における風景は単なる背景ではなく、人物の心と結び付いている。景情一致という術語があるが、端的にいえばそれは、風景の描写が人物の心を表象するというものである。

ところで、程度の差こそあれ、気象は人間の心身の調子に影響を及ぼすが、そのことを考慮すれば、

表現としての景情一致や心象風景は文学作品の中だけの特別な作り事ではなく、自然とともにある人という現実と一続きにあり、そのありようを忠実に写し取ったものなのかもしれない。作中人物の心情に応じて風景が設定されるのか、風景に連動して作中人物の心情が変化するのか。先にも少しふれたが、風景と心情の二者のうち、どちらが先にあってどちらが後にあるだとか、どちらが原因でどちらが結果であるだとかを考えることは、意味を持たないのかもしれない。両者は共鳴しており、読者はそれらの響き合いを響き合いそのままに一つの場面として享受するまでである。

◆悪天候が解き放つ心

雨など降り空乱れたる夜は、思ひなしなることはさぞはべる。

明石・三・八五頁

雨などが降って天気が荒れております夜には、心の中にあることが夢に見えるものです。　3—275

この直前、暴風雨の夜、朱雀帝（31）は、源氏が須磨へ追いやられたことに対してあの世の桐壺院が自分を睨みつけている、という夢を見ていた。その知らせを受けた母である弘徽殿大后《こきでんのおおきさき》が動揺する朱雀帝にかけたのが、掲出の言葉である。文中の「さ」は指示副詞で、夢に見えることを指している。それかあらぬか、この後朱雀帝は目を患った。

思うことが夢に見えるというのは、弘徽殿大后の言うように悪天候で考えが鬱屈するからであろうか。現代人としては、天候に関わらず人の心の中が夢に表れると考えるのが常識的であろうが、弘徽殿大后はそれを条件付きのものとしている。これは動揺する息子を落ち着かせるための単なる気休めなのか、当時の民間信仰の伝授なのか。古橋信孝（『雨夜の逢引』大修館書店、一九九六年）は、雨の夜の人は「つれづれ」であり、それは魂の不安定な状態であるという。源氏への負い目を持ったまま眠りに入る朱雀帝の魂は、境界をさまよい、異界に接触したのであろうか。

和歌に詠まれる「夢」には、自分の思いがそのまま夢に表れる「自分故の夢」と、相手が自分のことを思っているために夢に現れる「相手故の夢」の二種類があるという（韓圭憲「万葉集の「夢」の歌の考察」「国語国文研究」一〇四、一九九六年一一月）。それぞれ代表的な例を示せば、前者は、「思ひつつ寝ればや人の見えつらむ夢と知りせば覚めざらましを」（恋しく思う人のことを思いながら寝たので、あの人が夢の中に現れたのだろうか。夢だと分かっていたなら目を覚まさなかっただろうに）（『古今和歌集』・恋・小野小町）が挙げられる。一方後者は、「うたた寝に恋しき人を見てしより夢てふものは頼みそめてき」（うたた寝をしていた間に恋しい人を夢に見てからは、はかない夢というものをあてにし始めてしまったことだ）（『古今和歌集』・恋・小野小町）が挙げられる。もっともこの後者のタイプは、『古今和歌集』以後急速に見られなくなる。その代わりに増加したのが、「魂」が行き交うという表現であるという（菊川恵三「万葉の夢、古今の夢」「上代文学」九二、二〇〇四年四月）。源氏物

語にも「魂」に関する表現は多数見られる。

◆見る人と風景

何心なき空のけしきも、ただ見る人から、艶にもすごくも見ゆるなりけり。

帚木・一・八七頁

無心なはずの空の様子も、ただ見る人によって、華やかにも寂しくも見えるのであった。1—269

源氏（17）が空蝉と和歌のやりとり（これは源氏が初めて女君と行った和歌のやりとりである）をした直後に見える一文。物語のかなり初めの方に位置することからしても、風景というものに関するこの物語の思想をあらかじめ打ち出しておく意味合いを持っていると考えられる。いわゆる景情一致という現象、並びにそれを引き起こすために設定された「場面」という機構について、語り手が自らの手の内を明かして解説しているかのような一文である。また同時に、これは和歌の詠み方の手ほどきのようでもある。

これは、自然と人との境界があいまいなところで、見る人によってその景色も変わってくるという内容であり、ここで主体となっているのは人である。これは、主体の心情と客体の属性とが、「見

ている主体をそのような気持ちにさせる対象だ」という形でしばしば地続きに表れてしまう日本語の特性でもある（土方洋一『物語のレッスン』青簡舎、二〇一〇年）。自然よりも人の方に重きが置かれているという意味では、これまで挙げてきたフレーズに見られる、自然と人がシンクロする自然観は反転することになる。

少しややこしい話になるが、掲出の一文を、結局は自分の気の持ちようであるという意味にまとめるとするならば、それは外の視界の根拠が自己の中に求められたということであり、自己が対象化されたということでもある。そこには、自然や超自然的なもの（霊性・夢・仏教など）、そして身分関係といった権力よりも、人の存在を前面に据えようとするこの物語の姿勢がある。源氏物語では、物語の展開も、あくまで人の営みによって動いていくように仕組まれている。冷泉帝が自分の出生の秘密を知るにしても、超自然的な働きによってという構想も十分に考えられるのだが、そうではなく、僧という人から、その僧の人柄とも相まって口伝がなされる。明石入道にしても、住吉の神にすべてを委ねながら、それでも信じて行動し続けるという人物像が描かれている。掲出の一文も、自然などに左右されない人間の独立宣言のようである。

ただし、近代以降を生きる我々が信じるような、理性によって自律的に思考し行動する「個」としての人間像（実はこれも近代批判によって解体されつつある）が、この物語の中に完全に見られるわけではない。単純にいえば、自然や権力などによって登場人物たちは受け身でもあり続ける。物

語全体が人間の存在を基軸とする思想に貫かれているとは、やはりいい難い。これより前に掲出したいくつかのフレーズからもそのことはいえる。要するに源氏物語は、人間中心主義とその逆との間を、振り子のように揺れている。この問題についてはかつて拙著『文学テクストをめぐる心の表象』（武蔵野書院、二〇一七年）の第3部第1章第2節で扱ったので、詳しくはそちらを参照されたい。

◆里という粗野

里びたる声したる犬どもの出で来てののしるも、いと恐ろしく　浮舟・一〇・七八頁

いなかくさい声をした犬が何匹も出てきて大声でほえるのも、とても恐ろしく　10―283

匂宮（28）が少ないお供とともに宇治へ赴いたときの実感。美的世界の規範から逸脱し、秩序をかき乱す野蛮な犬の鳴き声は、「里ぶ」（田舎じみる）ものである。これは平安貴族が忌避する、洗練されておらず粗野な「里」（鄙）の象徴でもある。ただ、この言葉には、先に掲出したフレーズの内容と同様に、匂宮自身の心の状態によってそのように聞こえるという事情もある。教科書的で図式的な見方になるが、すべてを自分の身に引き受けて共感しつつ世界を認識する源氏物語の特徴

が、ここにはよく表れているように思われる。絶えず対象と距離を置いて観察し批評的な『枕草子』の姿勢とはやはり異なっている。

犬の鳴き声を「里びたる声」や「ののしる」、そして掲出の一節には見られないが「もの咎めする犬の声」と形容する表現は、『徒然草』第一〇四段にも受容されている。それらが新奇で生彩に富むことが、摂取を促した要因であろうといわれる（稲田利徳「「徒然草」と「源氏物語」」『徒然草論』笠間書院、二〇〇八年）。ノート❶（源氏物語のジャンル）で述べた「硯にむかひて」の表現と同様、源氏物語における特異な表現であり、兼好に鮮烈な印象を与えたようである。中世の和歌にも、「さとびたる犬のこゑにぞしられけり竹よりおくの人の家ゐは」（『玉葉和歌集』雑三・藤原定家）などとあり、影響を受けたことが分かる。

長編の源氏物語にあって、犬が登場するのはこの場面だけである。いったい平安和文は、他の時代のものに比べて、原始的な感情の発露や動物的行為が忌避される語彙の構成になっているという（藤原浩史「古代の語彙」、佐藤武義編『概説　日本語の歴史』朝倉書店、一九九五年）。もちろんこれは平安貴族のメンタリティに準じている。平安和文の最たるものとしての源氏物語では、動物的な表現は排除される。食事の場面でさえも省かれることが多く、子どもを除いて人が走ることはめったにない。『今昔物語集』とは大きな違いである。他にも「火」に関しては、当時火災が多発していたにもかかわらず、「思ひ」の掛詞としての「火」という用例ばかりである。和歌的な発想力で苛

酷な現実を囲い込もうとしているのであろうか（後掲のノート❽〔美意識と生活世界〕参照）。逆に平安和文において目立つのは、先に本書42頁でもふれたが、知覚を表す語彙や、敬語動詞を始めとした人間関係を基盤とする表現であるという。これらは人間関係や感情に敏感な精神生活を背景としたものであり、貴族社会の独特の傾向を表している。

ノート*note*❽ 美意識と生活世界

よく、源氏物語を読んで平安時代の「日本人」の暮らしを知ろう、などといわれる。そして、物語の叙述からその生活空間を再現し、平安時代の人々は何と風流で雅やかな日々を送っていたのだ、と感心する。しかし、源氏物語はそうした美的世界を作り上げる描写の工夫をある意味で作為的に行っている。すなわち、臭い物にふたをするかのように生々しい日常生活を大胆にカットし、きれいで特殊な世界を人工的に構築している。それがそのまま当時の王朝人たちの生活とイコールになるわけではない。平安時代において、大地震や火山の噴火といった自然災害は大きな脅威であり、疫病も社会を不安に陥れていた。当時の衛生状態とも相まって、道には死体があふれかえっているという状況がそこにはあった。

この物語は、人の思いを濃密で細やかに記す反面、外部に広がる生活空間が具体的に描写されるこ

とは少なく、抽象的で観念的な美しさの描写に終始している。作者の美意識の選択眼によれば、食事の場面は好ましくなく、入浴や化粧などの生理に関わる行為も許されない。四季の意味合いも『古今和歌集』の美意識を完全に引き継ぎ、六条院にしても、正面に鮮やかな春と秋、背面に控えめな夏と冬が配置され、季節のめぐる順にはなっていない。自然についても、たとえ実在の場所であろうと、実景というより故事や詩歌、言葉の象徴性に基づく表象空間としてある（高橋文二「源氏物語における生活空間と時間意識」、増田繁夫他編『源氏物語研究集成　第一二巻』風間書房、二〇〇〇年）。

こうしたことを考慮すれば、源氏物語には、我々が当然のように当てはめるリアリズム小説としての読み方が適していないといえる。そこには、故事や典拠、先行の詩歌からの引用によって上質な「名場面」を作ろうとする意識が働いている。当然それは生活世界とは全く別のものである。

あとがき

「人生は一行のボオドレエルにも若《し》かない」という名言を、源氏物語にまで敷衍するつもりはない。ただ、人の心にいつまでも残り、何度も参照され、生きる糧となるのであれば、物語の言葉は永くその人の「古典」となり得るはずである。その一助になればと、長編物語の中から任意にいくつものフレーズを抜き書きしてきた。選び出す基準はすべて筆者の主観によるものなので、さほど共感できなかったとしたら申し訳ない限りである。しかし、古典は漢方薬のように効くともいわれる。今はこれといって心が揺さぶられなかったとしても、時が経つにつれてその感覚が変わってくることもあるだろう。というより、そうあってほしいと願う。

先日、数年越しで『Ｘ－ファイル』の最終話をＤＶＤで見た。テレビ放送をしていた頃にも見ようと思えば見られたのだが、中学生の頃から見続け、考え続けてきた『Ｘ－ファイル』が自分の中で終わってしまうようで、どうにも気が進まなかった。最終話、主人公らは真実を知ったという。彼らにとって九年越しの真実である。それは決して喜ばしい類のものではなかった。これまで追い求めてきた真実を知って、彼らはどうするのか。最後の最後、二人が語りあう場面。彼らは、死ぬことは分かっている、それを恐れはしない、信じたい、と言った。不滅である死者の魂にふれれば闘う勇気が生まれる、まだ希望はある。そんなことが語られた。真実を知り、死を目前にしても、希望を捨てない、

諦めない、信じたい。そうした人間の姿こそがこの作品の「真実」なのだと雄弁に語られていた。

近代科学があって、宗教があって、真実があって。一連の『X－ファイル』シリーズでは、絶妙なバランス感覚のもとでそれらが交差し、人が信じるとはどういうことなのか、常識はどのように揺さぶられるのか、そしてどうすれば想像力は社会の外側へ飛翔できるのかが描かれる。この作品の中でX－ファイルは、真実への糸口であり、根源であり、希望でもあった。つまりそれは、主人公らにとっての「古典」だったのだろう。ファイルを参照し、ときには加筆し、それをもとにして駆け回るというその所作は、まさに古典を守り育んでいく営みに他ならない。そしてそれは、未知の世界への想像力でもある。

この作品は、古典というものに関わる筆者自身の個体史そのものでもあった。「僕たちが求める答えは、必ずX－ファイルの中にある」。主人公のこのセリフを高校生のときに聞き、以来ずっと、それが忘れられない。自分が追究したいことも必ず、自分にとっての目の前の古典、すなわち、飛躍を恐れずにいえば（やはりそこは高校生ならではの夢見がちな思考であるが）、日本古典文学であった。思うに、現在までの自分の発想も思考も、そして思想も、この作品から多大な影響を受けているといい得る。原典をもとにして、見えないことや見たいことを、時間をかけて浮かび上がらせていくこと。一つのテーマに向かって、思索を重ねること。常識や社会通念と闘うこと。それはそのまま、自分自身の大切な生き方として、今に通じている。「決して諦めるな」、「真実はそこにある」。この言葉が何度

自分を励ましたことだろう。中高生の頃から、自分という人格が形成される中で、いかに大きな礎となったことだろう。異界を扱う『X－ファイル』と同じく、現代とは異なる時代を扱う日本古典文学。自分にとってはそれらが一続きに調和し、独自の世界観を作り、探求の活力となった。今もこの耳には、この作品のオープニングとエンディングを彩る奇妙な音楽が響き続けている。それはあたかも、日常の世界にゆっくりと異界が侵食してきて、自分の価値観の限界を照らし出し、それを揺さぶり次の世界観へと導く信号音のようである。

さて、源氏物語には、人間の真実があるといい得るだろうか。「真実」という概念をめぐる状況が危ういことは承知している。昨今よく耳にするポスト・トゥルースという言葉は、相対的な立場から見た真実を主張することによって、真実が複数化し多元化する状況を表す。発信した虚偽をもう一つの事実として自己正当化し、それが情報操作へとつながることもある。「真実とは根本的に複雑であり、容易に到達しうるものではなく、そもそも真実すら事後的に構築されうるとすれば、それはいかなるものなのだろうか」（西田谷洋『村上春樹のフィクション』ひつじ書房、二〇一七年）という指摘は重い。とはいえ、真実という言葉は実に魅惑的であり、やはりそれに賭けてみたいとも思った。シリーズ終了から一四年の時を経て、再び彼らはX－ファイルに挑むという。そこにはもはや中年も終わりにさしかかったような主人公らの姿があった。筆者にとっていえばそれは、自分の〈今・ここ〉と、彼らの〈今・ここ〉が再びつながることでもある。本書はそのつながりによってもたらされた一つの帰結である。

著者紹介
諏訪園　純（すわぞの・じゅん）
名古屋大学大学院文学研究科博士課程前期修了
東海中学校・高等学校教諭

著　書
『文学テクストをめぐる心の表象—源氏物語から国語教育まで—』（武蔵野書院・2017年）

〈今・ここ〉に効く源氏物語のつぶやき

2018年10月10日 初版第1刷発行

著　　者：諏訪園　純
発 行 者：前田智彦
発 行 所：武蔵野書院
〒101-0054
東京都千代田区神田錦町 3-11 電話 03-3291-4859　FAX 03-3291-4839
装　　幀：武蔵野書院装幀室
印　　刷：三美印刷㈱
製　　本：㈲佐久間紙工製本所

ISBN 978-4-8386-0481-4　　Printed in Japan